唐傳奇小說集

楊興安 譯寫

目錄

前言……006
第一章 三夢記……009
第二章 渙之賭唱……013
第三章 王維登第……017
第四章 鵝籠書生……021
第五章 月下老人緣定今生……025
第六章 妙寂女尼……030
第七章 神劍老人教訓小輩……035
第八章 婷婷少女的盜首……038
第九章 一飯之恩以身相酬……043
第十章 西門豹智除陋俗……047

第十一章　刺客殺手深明大義……052
第十二章　大鐵椎深藏不露……055
第十三章　女劍客棄夫而去……059
第十四章　生死輪迴變魚記……063
第十五章　富貴人生黃粱夢……068
第十六章　捕快高手與少年郎……074
第十七章　域外俠客崑崙奴……080
第十八章　聶隱娘深山學藝……086
第十九章　艷狐嬌娜……092
第二十章　唐代照妖鏡……098
第二十一章　袁女多情……106
第二十二章　霍小玉棄別紫釵……114
第二十三章　杜子春與紫火鼎爐……122

第二十四章　小龍女與柳毅傳書……130
第二十五章　李娃傳之紅袖添香……139
第二十六章　紅拂女慧眼與虬髯客……149

附錄

唐代傳奇

一、唐代社會催生傳奇……158
二、唐代傳奇分三類……163
三、唐傳奇多染道術色彩……168
四、唐代女性豪放開放……172
五、藩鎮跋扈與刺客橫行……177
結語：輝煌的唐代傳奇……156

明代四大奇書……182

清代譴責小說……187

前言

中國唐代社會發達，文教鼎盛，人才輩出。唐代以唐詩稱著，許多人今日仍然朗朗上口。其實唐代還有另一偉大文學成就，便是唐代傳奇的出現。

唐代傳奇文筆大都綺麗典雅，用詞用字精準有力。而內涵尤見出色，或寓意世情盛衰得失，或神思逸趣，或揭示玄怪世界，又不失世道人心曲意描述，拓展讀者心思視野，作品實為一代之文學精華。

唐代傳奇是文言的短篇小說，胡適對之極有研究，曾說唐代傳奇成就絕不低於唐詩。但比較上，時人對唐代傳奇的認識比唐詩貧弱得多。因今日青年不少人對文言文抗拒，錯失對此文學瑰寶的認識和欣賞，故今特譯寫傳奇為語體文，保存原著精神，供時下讀者欣賞。

唐代小說何以稱傳奇呢？晚唐時小說作家裴鉶把自己的小說集定名為《傳奇》，後代便把唐代同一體裁的小說通稱「傳奇」。唐代傳奇是承六朝志怪而繁衍出來。多是應考進士文人先呈主考官以求賞識的作品。其精心撰作成就，對後世小說及戲劇影響至甚。

本文除譯述內容，尚引述幾篇非唐代而具唐傳奇風格小說，殊足細味。本文每篇並述及有關作品資料，夾敘夾議，加深讀者對傳奇之認識。此外，每篇章後附有內文詞語選習及問題，讀者可拓展思考，及對選用詞語作清晰闡述，並藉此造句，則對語文認識與運用，一定大有幫助。相信今日學子多讀本書文章，加深中文修養，是很好的參考讀物。

壬寅初春　　楊興安

第一章　三夢記

〈三夢記〉是白行簡所寫，他是白居易的弟弟。三夢同是說精神感應的故事，不過又各有不同。此造夢的文章別闢蹊徑，逸趣之中真幻交疊，把現實與精神世界融匯為一體，在文章風格中甚為罕見。

武則天當政的時候，劉幽求做朝歌的縣丞。一晚因公事夜歸，還有十多里才到家門。見到路旁有一佛堂，聽得寺中有歡笑聲，眼見寺牆極矮，兼且殘缺，便攀高望內，看個究竟。

妻子圍食　夢裡真真

見到堂內坐了大大小小十多人，圍在一起吃東西，還見到妻子也在其中，談笑甚歡。劉求幽百思不得其解，想到妻子不應在此。看了一會，便想入寺，但寺門緊閉，不能入內。他拿起瓦片擲向堂內，擲得杯盤迸散，甚麼也突然不見了。他便大著膽子，和隨從爬入寺內。卻見寺內堂階殿前都空無一人，有點奇怪，便急急跑回家。

回到家中，原來妻子正熟睡。知道他回來，便和他說：「剛才造夢和幾十人同遊佛寺，全都不相識的，一同在殿內吃東西，忽然有人從寺外擲來瓦礫，使到大家亂作一團，這樣便醒了。」劉幽求也說出剛才的經歷，夫妻兩人不禁嘖嘖稱奇。

夢見曲江遊

元和四年，白居易兄弟和李杓直同遊曲江，遊覽慈恩寺，晚上幾人飲酒暢談。白居易說，算來元稹應抵達梁州了，我便為他寫一首詩吧！將詩題在屋壁上：

春來無計破春愁，醉折花枝作酒籌。
忽憶故人天際去，計程今日到梁州。

十多日後，元稹差人送來一封信，其中有一首詩說：

夢君兄弟曲江頭，也入慈恩院裡遊，

屬吏喚人排馬去，覺來身在古梁州。

他們翻對時日，正好是他們遊寺那天。卻給元稹造夢見到，不可謂不怪了。同入一夢，千古難逢。

早見祠下女巫

貞元中，竇質與京兆韋旬，一起由亳入秦。途中宿於潼關旅店，竇質夢見去到華嶽祠下，見到一個女巫，高而黑，身穿黑裙白衣，當路向他迎拜，更請他祝神。竇質問她姓氏，說姓趙。第二天醒來，便把這事告訴韋旬。上路後，果然在祠下見到迎客女巫，身形容貌一如夢境，頗覺得夢有徵兆，便叫從人取錢二串給她。誰知女巫取錢後撫掌大笑，對她的朋友說：「看啦！果然和夢境一樣。」竇質驚疑相問。女巫說：「昨夜我夢見兩人東來，一人短鬍且為我祝酒，後來給我兩串錢。今早我和同輩說及，果然靈驗。」竇質忙問她姓氏，果然姓趙。二人談及夢境，原來兩人同造一夢，同在夢中出現。

上文第二個夢意境比較平凡，只是精神感應。第三夢境怪於兩方面人物同造一夢，又在事發之前，同處同一夢境，有強烈預兆意味。故對於造夢，時人亦愛以夢境探索未來之事。有人亦愛以夢境為自己帶來警覺。第一個夢境最奇，真人竟能跑入妻子夢境之中，一虛一實同時發生，頗有幽浮意味，三夢之中以此夢創意最高。

【詞語】請解釋下列詞語，並運用詞語造句。

嘖嘖稱奇　酒籌　千古難逢　京兆

祝神　徵兆　短髯　精神感應

【問題】

1 本文三個夢境，你認為哪一個最有趣？為甚麼？

2 一般人認為夢境在生活上有甚麼作用？

3 你可以寫一個奇怪而有意義的夢嗎？

第二章　渙之賭唱

唐代三名詩人王昌齡、高適、王渙之三人相約飲酒詠詩，不意遇到一群伶人，也在座中詠詩自娛，竟然引起三位詩人想藉此比拼一下詩才，結果滿座皆春，後來成為詩壇佳話。

開元中，詩人王昌齡、高適、王渙之三人都有名氣，但仍處落拓失意時期，未能得志當時。三人友好，閒來相約遊玩，飲酒詠詩。一日，天寒微雪，三位詩人一起到旗亭（酒家）飲酒。三人都是貧士，只能賒賬小飲。正開懷暢詠之時，忽然有一群伶官也到來飲宴，三人便避在一旁，圍爐取暖，聽伶官宴聚相談。一會兒，有四個妙齡女樂隨之而至，她們衣飾奢華，神態冶艷。這些人聚一起，奏出樂曲自娛，所奏的都是當時名曲。王昌齡便私下對二人說：「我們各以詩才自負，一向難分高下，正好今天她們都唱時下名曲，不如看看我們當中，哪一位的詩被用得最多的，才藝便算最高如何？」二人都說好。

一會，一位伶人和著節拍唱：「寒雨連江夜入吳，平明送客楚山孤，洛陽親友如相問，一片冰心在玉壺。」這是王昌齡的〈芙蓉樓送辛漸〉，王昌齡引手示意說：這是我的絕句。一會，另一伶人又唱：「開篋淚霑臆，是君日前書，夜台何寂寞，猶是子雲居。」這是高適的〈哭單父梁九少府〉。高適也引手示意說：這是我的詩。繼續另一伶人又唱：「奉帝平明金殿開，強將團扇共徘徊，玉顏不及寒鴉色，猶帶昭陽日影來。」這是王昌齡的〈長信怨〉。王昌齡以手示意：這是我的第二首啦！

旗亭賭酒　歡醉竟日

王渙之成名已久，有些不耐煩了。便對二人說：「這些伶人不過是一些潦倒媚俗的樂官，所唱的也不過是媚俗的〈下里巴人〉一類曲詞，豈會唱〈陽春白雪〉這類高雅的調子？」又指著她們之中，最出色那人說：「這人所唱的，一定是我的詩歌，若然不是，我終身也不再與你們爭強鬥勝。但若所唱的是我的歌，你們二人便拜服，以我為師如何？」二人笑而應允，靜待那伶人開腔。

終於，那位打扮得最美麗的伶人展開歌喉歌了，唱著：「黃河遠上白雲間，一片孤城萬仞山，羌笛何須怨楊柳，春風不度玉門關。」這是王渙之的〈涼州詞〉。王渙之立即意氣風發地說：「你們這兩個鄉巴佬，知道我沒說錯吧？」三人於是笑作一團。座中眾伶官不知他們何以突然笑起來，急急相問，他們三人便說出因由。各人知道原來眼前之人都是大詩人，不禁肅然起敬，過來揖拜。說道：「俗眼不知先生，失敬得很，能夠委屈一下，過來和我們一起用膳嗎？」三人興致極高，便過去一起飲宴，歡醉竟日。

旗亭賭酒，是歷代都愛傳誦的故事，載於薛用弱《集異記》，很是有名。故事本身亦風雅，開朗輕鬆。明清戲曲家也把這個故事編寫為雜劇演出。王昌齡，玄宗時任校書郎。王渙之，少年時好酒擊劍，有任俠之風。高適，玄宗時任西川節度使，五十歲後始作詩。上述故事疑是杜撰傳聞。明人胡應麟說三人沒有可能作此賭唱，與高適專注詩歌創作年代不合。但站在欣賞文學角度看來，這篇唐人傳奇實在不失為一篇上好文章。

註：此傳聞寫的王渙之，其名實乃王之渙。

【詞語】請解釋下列詞語，並運用詞語造句。

落拓失意　賒賬　伶官　以手示意

拜服　肅然起敬　揖拜　失敬

歡醉竟日　杜撰傳聞

【問題】

1 何當日王昌齡、高適、王渙之三相約飲酒？

2 三人決定以甚麼方法比較才高下？

3 你同意王渙之才藝最高嗎？為甚麼？

第三章　王維登第

王維在十多歲的時候，早以文章稱著，而且又懂得樂曲，練得一手好琵琶，可說才華出眾。王維當時已和好些達官貴人友善，尤其是玄宗弟弟岐王，對他極為欣賞。王維是唐代大詩人，善於吟詠自然，亦是一位大畫家。世人稱他畫中有詩、詩中有畫。他也是一位音樂家，精通音律，詩作中不少流露美妙的音樂感。他確是一位多才多藝、真真正正的大藝術家。不過教人感到最可惜的、是王維得以成名，嶄露頭角，仍不得不請託權貴推捧。

多才多藝　見知於岐王

王維在十多歲的時候，早以文章稱著，而且又懂得樂曲，練得一手好琵琶，可說才華出眾。王維當時已和好些達官貴人友善，尤其是玄宗弟弟岐王，對他極為欣賞。當時有舉人張九皋，在文人中甚有名望，這年他考進士。有位與太平公主熟稔的人，替他寫信給主考官，舉薦內定他在進士試中得第一名。王維亦應考，知道這件事，便對岐王說明一切，希望岐王能幫助他。岐王說：「你先抄錄以往作品的十首詩給我，再作一首哀切感人的琵琶曲，五日後再來找我。」

王維立即照著他的話做，五日後再訪岐王。岐王說：「你若以一位文士身分去見公主，難以得到她接見的。不如你依我的話做，便可以使公主認識你了！」王維答應了。岐王便叫王維換上華美服飾，滿身錦繡，抱著琵琶，同往公主宅第。

恰好這時公主自皇宮返家，岐王說帶了一群樂伶及酒席進奉給公主。公主便命人擺設筵席招呼岐王。一群伶工列在筵前，王維也雜在其中。那時王維年少英俊、錦衣華美、儀態都雅。他列在前排，公主禁不住對他留意起來。對岐王說：「這是誰啊？」岐王說：「是個知音人啊！他的樂曲演奏得十分好。」公主便命他獨奏新曲，果然聲勢出眾，滿座動容，各人都聽得如癡如醉。

公主也自言自語說：「這樣美妙的樂曲，叫甚麼名字啊？」王維便答：「這叫做〈鬱輪袍〉。」公主從未聽過這曲子，不禁大奇竟有此曲。岐王趁著說：「這少年並非只長於音律，詩文也寫得極好，當今恐怕沒有誰比得上他呢！」公主說：「你懂得寫文章？」王維便把早準備好的詩卷從懷中取出，公主邊讀邊感詫異：「這些作品我往日常讀，我還以為是古人作的，想不到竟然是你寫的！」說著，便叫王維換去伶工的衣服，坐在一起飲宴。

官場得失　晚年好佛

王維本具才學，談吐風雅，滿座春風，弄得席中人人極是暢快，權貴都對之青眼相加。岐王這時便說：「這人若得今年進士第一名，國家也為之光彩不少。」公主便說：「既然這樣，何不叫他參加考試呢？」岐王說：「他這個人啊，除非不參加考試，一定要得到第一才肯應考，但公主你今年早已選定張九皋第一名了！」公主笑著說：「這關我甚麼事呢？我也不過受人所託。」轉頭對王維說：「你便去應考吧，我會為你盡點力的！」王維立即站起來向她致謝，也說了些客套的話。

公主後來便叫主考官入府，考試結果，果然王維身中解頭，為進士第一名，做了太樂丞。主理國家祭曲和皇室樂奏職務。

後來安祿山陷京，王維被逼任偽官。安祿山敗後，王維獲罪，宰相崔圓知道他擅於丹青，便叫他為自己的私第作壁畫。王維希望得到他的幫助，所以極盡精巧，若貶黜亦能到較好的地方。後來王維的弟弟王緒獻出官爵為他贖罪，方得朝廷免死，最後官至尚書右丞。晚年王維在藍田買下別墅，專心研究佛學了。

上述逸聞出自唐薛用弱《集異記》，寫得情致高逸，曲折動人。所述內容，今日難以考證是否確有其事，或加添枝葉使之更動聽。逸聞反映唐代考試流弊，許多時候是由權貴內定的，與考者才學無關，恐怕事非偶然。不過王維雖然懂得門徑，但若無真才實學，也是難以一朝得志的，我們且看作詩人逸聞好了。

【詞語】請解釋下列詞語，並運用詞語造句。

嶄露頭角	舉薦	滿身錦繡	宅第
樂伶	儀態都雅	聲勢出眾	滿座動容
如癡如醉	長於音律	談吐風雅	滿座春風
青眼相加	擅於丹青	私第	情致高逸

【問題】

1 本文怎樣形容王維才藝出眾？

2 王維怎樣令太平公主在眾人之中特別注意他？

3 你認為一個人才學和機會哪樣重要些？為甚麼？

第四章　鵝籠書生

古來作者寫愛情故事，大抵多寫男兒輕薄花心，女子多堅貞纏綿。但傳奇之〈陽羨書生〉卻兩不偏頗，男女都心有異思。作者未有細筆詳述，只是輕輕一點，讀者便會心領神會，文筆高明。

唐代傳奇當然不乏愛情小說，而其發展更多姿多采。言情小說大致於中唐出現，是傳奇創作的黃金時代。內容除寫人鬼戀、人仙戀外，尚有人狐戀，人猿戀。有著名的柳毅與龍女相戀，〈秦夢記〉之夢中相戀，〈離魂記〉之人與生魂相戀。有寫私奔私通，有寫戀娼妓的，迷戀妃子的。有始亂終棄的，有失而復得的，亦有終成眷屬的。作品都鋪排雋妙，文筆細膩，詞藻優美。其中情愛淒婉，哀艷動人，惹人回味，為傳奇大放異彩。

情海變幻　暗渡陳倉

東晉陽羨許彥，於綏安途中，遇到一個十七八歲書生倚在路旁。他說腳痛，要求許羨准他鑽入他所擔的鵝籠內，隨他而行。許羨以為他說笑，便姑且讓他鑽入鵝籠裡。說也奇怪，這個書生鑽入籠後，籠中兩隻鵝對他絕不驚惶，籠不覺其小，書生不覺其大。最奇怪的，籠子也沒有增加重量。

許羨行走到樹下休息，那書生從籠子裡鑽出來，對許羨說要設宴招待他。說完，便從口中吐出一套銅器食具來。上面還有山珍美食，氣味芳美，世間少見。他們飲了一會兒酒，書生便說：「有一女子和我一起的，我叫她出來和我一起飲宴好嗎？」許彥說好。於是書生又從口中吐出一個十五六歲、衣服綺麗、容貌絕倫的女子來。他們三人一起飲酒，一會兒書生便醉倒。那少女說：「我雖然和書生是夫婦，但心中實另有一男子。我現在叫他出來，希望你不要說給書生知道。」許彥應允了。

這少女又從口中吐出一個二十三四歲的男子來，那男子倒也溫文俊雅。兩人情愛甚篤。一會，書生將醉醒，要拉少女共臥，少女吐出一屏風來，便和書生睡在屏風之後。那男子見了，對許彥說：「我有個舊相好，現在極想見她，請你不要把我的事說出來。」許羨點頭應允。那男子又在口中吐出一個二十餘歲的女子來，兩人一起對飲調笑嬉玩。

天竺吐納　現身中原

過了許久，書生轉身聲動。男子說書生要醒了，便將吐出來的女子還回口中。不久，那少女對男子說，書生要醒了，又慌忙叫男子跳回口中，才對許羨獨坐。書生真的醒了，對許彥說：「想不到，睡這樣久，害你枯候。天晚了，我也要和你道別。」說完，將少女吞回肚中。其他銅器食具也一起吞回肚內，只餘下一個大銅盤，留給許彥說：「謝謝你的盛情，這個銅盤，便給你做紀念吧！」

許彥後來做了蘭壺令史，取出銅盤給侍中張散看。張散細看之下，說那銅盤是漢明帝時打造的，距離他們有二百多年了。

本篇〈陽羨書生〉可視為玄怪過度愛情小說的作品，出自吳均之《續齊諧記》。有人又稱這篇傳奇叫「鵝籠書生」，內容奇詭。寫盡男女愛情欺詐，用情不專。騙人者人亦騙之。文筆勾勒清晰，亦刻劃入微。冷眼旁觀下，不知可恨抑是可笑。這種吐納的寫法，最早出現於同期翻譯佛經之中，晉人《靈鬼志》亦有相近故事。有人說這種吐納的故事，古印度最多。

【詞語】請解釋下列詞語，並運用詞語造句。

容貌絕倫　溫文俊雅　情愛甚篤　枯候

刻劃入微　冷眼旁觀

【問題】

1 書生要求鑽入鵝籠而重量不增，作者想表示甚麼？

2 故事中男女互召情人出來，共有多少次？

3 你認為這篇故事有甚麼含義？

第五章　月下老人緣定今生

人說姻緣天定，許多時候都不由不信。本篇出自李復言的《續玄怪錄》，題名「定婚店」。是民間傳誦月下老人的故事，亦是「月老」一詞的來源，而「姻緣天定」觀念是中國文化傳統的一部份。

唐朝時候，有一個叫韋固的人，自少孤苦，及長便早欲娶妻，享成家立室之樂。但每次相親求婚總是高不成，低不就。元和二年，韋固到清河遊覽，在宋城（河南商丘）南店居住。有人介紹前清河司馬的女兒議親。來者態度懇切。韋固也極高興，相約在店西龍興寺見面。

月下老人　夜看天書

那夜明月掛天，月色明媚。韋固在店前見到一個老人，背著布袋，坐在階前，趁著月色翻看書本。韋固見了十分好奇，想看看老翁看甚麼書，誰知一望之下，書中的字，竟然全不認識。那書中文字，既非現今文字，也不是古文篆字、八分、蝌蚪文、也不是梵文。韋固便向老人說：「請問老丈在看甚麼書呢？晚輩自小苦學，世間之字，自忖無所不懂，即使西國梵字，亦能知曉，究竟那書中是哪種文字呢？」老人笑著說：「這不是世間的書，難道你還看不出來嗎？」韋固說：「那末是甚麼書？」老人說：「這部是天書。」

韋固便問：「你既然不是世間之人，跑到這裡來幹甚麼？」老人說：「是你自己早出來罷了。現在月夜，幽冥之人當然可以出來行走。凡是幽冥官吏，都掌管人間之事，又怎能不出現呢？現在路途中，正是人鬼各半，不過你不知道罷了。」韋固聽了，想了一會，便說：「那麼你又掌管生人甚麼事呢？」老人說：「我負責天下間婚姻的事。」

韋固聽了大喜，說：「我自幼孤單，早想結婚，奈何每次都談不成，現今正有人介紹潘司馬女兒給我為妻，這次是否成功呢？」老人說：「你姻緣未到，即使連娶屠夫賤業之女也不能，何況是高門大第人家的女兒？你的妻子，算來今年只有三歲，十七歲那一年會嫁給你的。」韋固聽了，默默不語。又問：「老丈，你的背囊中是甚麼東西？」老人說：「那是一條條的赤繩，用來縛著夫婦的腳。當我暗中將男女二人雙足用這赤繩連著，即使仇人的女兒，貴賤有別，天涯海角，也終會成為夫妻，逃也逃不了，避也避不開。你的腳，已和未來的妻子縛上了，還求其他的女子做甚麼？」韋固又問：「那麼我未來的妻子是誰？她的家在甚麼地方？」老人說：「她便住在店北，賣菜陳婆的女兒。」韋固說：「我可以看看她嗎？」老人說：「陳婆在菜市賣菜，常常抱著她一起，你隨我去，我便說給你知。」

把心一橫　更改宿命

這時漸已天明，和韋固相約之人不來，而老人提囊要走了。韋固隨著老人，走入菜市見到一個盲了一隻眼的婦人，抱著一個三歲大的女童來，她的樣貌極醜陋。老人指著女童說：「這女童便是你他日的妻子了！」韋固見了，極是不快，漸而甚怒，說：「我可否將她殺了？」老人說：「這女童命中甚貴，也因你而垂名食邑，怎可能被人殺死呢？」說後不久，韋固也失去老人的蹤影。

韋固愈想愈怒，說：「這老妖膽大胡言，我們世代書香之家，娶婦必然匹配，即使不能如願，納妾也當納美妾，再扶為正室亦可，哪會娶個盲目婦的醜女兒呢？」於是抽出小刀，對隨行僕人說：「你素來辦事妥當，你替我殺了這個女童，我賞你萬錢。」那僕人應允了。

第二天，韋固和僕人一早入菜市，伺準機會，僕人刺向女童，得手奔逃，全市嘩然。兩人亦幸而逃脫。韋固問僕人是否完成任務，僕人說原刺女童心臟，但不中，後來插刀入眉心。之後，韋固多次向人求婚，都沒有成功。

赤繩繫足　姻緣早定

過了十四年，韋固因父餘蔭做相州參軍。刺史王泰，叫他代理審訊刑獄。王泰極為賞識他，便把女兒許配給他。泰女年紀只有十六七歲，姿容極為美麗，極得韋固歡心。但他妻子卻有一點特別地方，就是雙眉間常貼著花子，即使沐浴，也不除去。

這樣過了年餘，韋固突然記起僕人刺中菜市女童眉心的事，便逼問妻子，要她說出眉心貼花子的原因。韋妻這時只得哭著說：「我本人是郡守的侄女，並非親女。親父曾為官，在嬰孩時候，父、母、兄相繼去世，給乳母撫養。乳母陳氏，在宋城菜市賣菜為活，又不忍拋棄我，只有帶著我賣菜。三歲時，突然被一狂賊用刀刺中，刀痕至今猶在。所以用花子貼著，免為人見。七八年前叔叔在盧龍做官，接我來住，對我十分愛護，當我自己女兒一樣，後來便將我許配給你。」

韋固聽了，便說：「你的乳母是不是盲了一隻眼的？」韋妻說：「是啊！你怎會知道的？」韋固說：「那個刺你的狂賊，原是由我指使的！」韋妻聽了更奇，韋固亦坦然說出前因後果，大歎命運之奇。

夫妻兩人知道一切來龍去脈，愈相敬重，相處極洽。後生了個男孩名叫鯤，官至太守。韋妻封太原郡太夫人，可知冥冥之中自有主宰。後來宋城縣官知這這件事，便在韋固當日住的店子上，題名「定婚店」來紀念這件事。所以原著作者便把這個故事，題名為「定婚店」。

【詞語】請解釋下列詞語，並運用詞語造句。

蝌蚪文　梵文　幽冥　高門大第

垂名食邑　坦然說出　來龍去脈　相處極洽

主宰　文化傳統　月老

【問題】

1 韋固在赴約途中遇到一位怎樣特別的老人？他有甚麼本領？

2 韋固預早知道妻子是誰，極為不滿，有何對策？

3 你相信姻緣早定嗎？為甚麼？

第六章 妙寂女尼

江蘇普光寺有一位叫妙寂的女尼，姓葉，本是潯陽（今九江市）人，年輕時嫁給當地商人任華為妻，妙寂父親名叫葉昇，和任華一起做生意，常來往於長沙、廣陵一帶。

貞元十一年春天，他們兩人一起到潭州做生意。一次，過了回家之期數月，仍不見他們回家，妙寂難免心中焦急。一天晚上，妙寂造了一個夢，夢中見到父親披散著頭髮，身體赤裸，滿身鮮血和她說話：「我和任華在湖中遇到強盜，經已身死。但你們仍無時不思念我們，感動蒼天，許你為我們復仇。但我不能直接說出兇手。現在只能向你暗示，希望你能猜得到，這樣我們死而無憾了。」妙寂說：「好！你說出來讓我猜吧。」葉昇說：「殺我者，車中猴，門東草。」說完之後，又見到她的丈夫任華，也是血流滿臉的現身眼前，任華帶著淚說：「殺我者，禾中走，一日夫。」妙寂聽後，悲慟得搥胸大哭。妙寂哭得悲切，吵醒了家人。全家醒來，知道這件慘事，闔家大驚。但猜不透夢謎，不知怎樣才好。第二天，他們跑去問其他鄉人，無人懂得夢謎的意思。

午夜報夢　謎不可解

到了秋天，妙寂便跑到上元縣（今南京），因為那裡是水陸交匯之地，舟楫頻繁，往來人眾，不少飽學之士也到那裡暢遊。當地有一寺院叫瓦棺寺，寺中有一高閣，依山望海而建。遊人在那裡可以極目遠眺，江中景色盡入眼簾。所以差不多成了遊人必到之地。妙寂便想：我若穿了尼衣在這裡棲身，總會遇上一些聰明才智之士，為我解夢的。於是她便捨身在瓦棺寺修行（並未受戒），日間幫助做打掃工作，閒來倚欄觀景，從中留意飽學之士。如是者數年，她詢問過不少名士，但無一人能說出夢謎來。

貞元十七年，李公佐罷官嶺南，途經瓦棺寺，便登閣瀏覽風光。妙寂見他神采俊逸，與眾不同，便上前向他泣拜，把夢謎向他說。李公佐說：「我平生替人解疑難，何況你的冤情是上蒼啟示的，我一定好好替你思索慮一下。」說著，只見他默行數步，臉有喜色向妙寂招手說：「我想到了，殺你父親的叫申蘭，殺你夫者叫申春。」妙寂聽了，悲喜交集，忙問因由。李公佐說：「在地支中申指猴，車字去兩頭而又說及猴，即申字。門字又有草，又有東，豈不是蘭字？禾中走，穿過田之意，亦是申字。一日字又加夫字，即春字。鬼神不便坦言，所以便說成謎語了。」妙寂終於知道真相，感懷良久，隨之向李公佐泣拜稱謝：「如今既知道兇賊的名字，雪冤有路。你解去我心中疑困，我應報答你。但我只是一個小女子，沒有甚麼本事，只有虔誠奉佛，祈增福海。」說完向李公佐長揖而去。

才智堅毅　兇徒伏法

元和初，普光寺香火鼎盛，遇有節會，四方僧尼群集，市民亦愛趁熱鬧，所以寺廟熱鬧非凡。李公佐愛遊覽名勝，也到普光寺盤桓。忽然見到一個眉清目秀的女尼，樣貌有點熟稔，記不起誰。這個女尼也向他凝視，好像想和他說話，但欲言又止。隔了好一會，這女尼突然向李公佐說：「官人不再在南海任官了？」李公佐說：「是的。」女尼說：「你還記得我嗎？」李說不認得。女尼便說：「我便是昔日在瓦棺寺求你替我解開車中猴謎語那個人了！」李公恍然，忙追問：「終於捉到賊人嗎？」

女尼便說：「自從那天知道夢境的暗示後，我便改穿男裝，改名志寂，到處流浪替人做傭工。幾年後，聽說湖北蘄黃地區有條村叫申村，便前往打聽。隔了一年，聞得西北處有人叫申蘭的。便跑那裡求工作，將工錢按得很低。申蘭甚喜，便僱用了我。不久，又打聽到他個族弟叫申春的。於是在申家更勤奮工作，無論大小輕重事情，只要知未辦，便替他辦妥，所以極得他們器重。我在申家和其他工人一起捱苦工作，晚上我自己獨宿，無人知道我是女子。」

「如是者過了一年，申蘭對我十分寵信，比兒子還好。申蘭營商又務農，在武昌也有些畜貨生意，有關倉庫鎖匙也交給我保管。我曾在倉庫發現父親和丈夫的遺物，哭泣之餘，只有默默記在心上。申蘭和申春兩人。通常一人出外工作，一人留守家中，未有一起留下來的。我恐防捕捉他們一人，另一人便溜走，因而不敢妄動。這樣又過了數年，一年重陽節，二人大飲而醉，我急忙跑州府告官，官人便乘醉捉著兩人，審問之下無法抵賴，結果判刑伏法。」

堅毅血誠　餘生禮佛

「後來我便回家侍奉年老的母親，最後皈依我佛。我是在南昌天宮寺出家的。我只是個弱小女子，但矢志報仇，所以上蒼也幫助我，得到先生為我解惑，終於沉冤得雪。我即使粉身碎骨，也難酬先生的恩惠。在這大千世界中，我沒有甚麼可以給別人了，只有誠心虔敬事佛。」

李公佐聽了這番話，驚奇不已，為她的智慧和毅力驚歎，因而為她作傳。唐文宗太和年時，李復言遊巴蜀，進士沈田和他在蓬州相聚，談起這件事。李復言也為妙寂女尼的堅毅勇敢深深感動，在撰寫《玄怪錄》時便把這件事記入書內。

妙寂女尼的故事出自李復言《玄怪錄》。李公佐著有〈謝小娥傳〉，故事內容相近，但主人翁姓名有別。故事中妙寂不甘父親和丈夫無辜被害，不辭艱苦訪尋仇人，表現出她的智慧和堅毅血誠。又加上夢謎，兼之寫作手法別有蹊徑，不是平鋪直敘，故事倒述曲折可讀。唐代女子復仇故事在傳奇中一再出現，正表示唐時男子被冤被殺故事不少。明朝凌濛初將之改成話本，收入《拍案驚奇》。清初王夫之則把之編成雜劇，可見妙寂女尼的堅毅得到後人的歌頌讚賞。

【詞語】請解釋下列詞語，並運用詞語造句。

死而無憾　搥胸大哭　悲切　舟楫頻繁

極目遠眺　盡入眼簾　瀏覽　神采俊逸

香火鼎盛　盤桓　皈依　矢志報仇

別有蹊徑

【問題】

1 妙寂女尼要復仇，何必要扮女尼呢？

2 為甚麼作者沒有直接說出兇徒名字，而用夢謎？

3 妙寂女尼有何令人讚賞之處？

第七章　神劍老人教訓小輩

原文出自段成式的《酉陽雜俎》，講的是真人不露相，武功高手往往是貌若平庸之輩。神劍老人確實對韋行規一番善意，可能見他雖然氣傲，但對人還有禮貌。此位老人高人風範，讀來令人悠然神往。幸而遇之，有驚無險。事後想來，餘韻無窮。

韋行規年少時好劍術，練得一身本領。有一次，到京西遊玩，夜裡便到客店投宿。但又想趕路，猶豫間，店中一個老人正在做木工，向他說夜間多強盜，夜裡最好不要獨行趕路。韋行規謝了他的好意，說：「我自幼練武，射箭尤有能耐，即使有盜賊，我也不怕，看他能把我怎樣？」說著，竟激起他的豪氣，偏偏便要夜行趕路。

少年目空　途遇怪客

行了數十里，天色已黑，韋行規發覺有人在草叢中跟蹤自己，於是大聲呼喝，但全無反應。便拉弓搭箭，一箭向疑人射去。聽到箭矢中物之聲，但疑人仍不退去。韋行規連珠發箭，待箭已射光，疑人仍在跟蹤自己。他害怕起來，便急步奔跑。

突然，天空中像風雷驟至，十分怕人。他便下馬，將馬縛在樹旁。但見空中電光閃閃，一下一下打下來，便像用鞭子鞭撻人一樣。漸漸這種光物愈逼愈近，眼前一些東西紛紛落下。韋行規小心細看，原來是一些木條。過了好一會，落下來的木條堆積起來，疊至膝高。韋行規愈來愈驚，將手上空弓拋下，向天叩拜乞命。這樣叩拜了數十下，電光漸高而滅，風雷亦停止。他望見大樹，樹葉樹枝盡去，只剩得禿樹一株。

高人風範　令人神往

韋行規坐騎已失，垂頭喪氣步行回店，見那個老人仍在箍木桶，知道事不尋常。向他拜謝。老人笑著說：「你不要只顧弄弓箭，也應研究劍術才是。」於是帶他到後院，指著他的馬匹說：「你取回牠吧！我只不過試試你的功夫。」隨即取出一件桶板，韋行規見夜來所射之箭，全數釘在桶板上。韋行規知道遇到異人，躬力奉承，要求學藝。但老人不肯傳授功夫，只向他說了一點練劍之道。韋行規覺得知道老人所學，亦不過十之一二罷了。

【詞語】請解釋下列詞語，並運用詞語造句。

風雷驟至　　乞命　　垂頭喪氣　　躬力奉承

【問題】

1 韋行規為何不聽老人勸告？

2 老人平日做甚麼工作？他還有甚麼本領？

3 為何說老人其實對韋行規懷有好意？

第八章　婷婷少女的盜首

「車中女子」原著文言，字數不多，刊於《原化記》，是傳奇中豪俠類出色作品。車中女子中各式人物描述字數不多，都寫得鮮活，人人有血有肉，聲貌如在眼前，呼之欲出。光是此點已可見作者是寫作高手。全篇小說結構緊密，前後呼應，高潮起伏。

唐朝開元年間，吳郡一個書生應考明經科舉人，到了京師，無所事事，便在坊間蹓躂。遇到兩個衣著大麻布衣的少年，向他作揖行禮後便走了，神色十分恭敬。書生與他們並不相識，想他們是認錯人了。

乍履京師　竟作上賓

過了幾天，他再遇到這兩個少年，卻對他說：「先生到這裡來，我們還未盡地主之誼呢！今日既然相遇，好讓我們作東道招待先生，這樣我們心裡才會好過一些。」書生感到奇怪，但姑且隨他們而行，看看怎樣。過了幾落院坊，在東門一條小巷內，有幾間店鋪，他們舉步入內，見到建構井然的一列房舍。再往內院，原來早已安排豐富的筵席，這兩個人便和書生一起坐到列座。

筵席前，並列幾個年約二十多歲的少年，不時向門前探望，神態極是恭謹，像等候貴賓。午時之後，聽到有人說道：「來了！來了！」書生見到一輛馬車直駛到門前，有幾個少年跟隨車後，馬車直到堂前。細看那馬車，原來是一輛乘坐貴婦人的金花馬車。車門垂簾捲起，一個年約十七八歲容色亮麗的少女走出來。

這個少女穿著精細纖巧的白絹衣，頭上卻戴滿金銀花珠頭飾。那兩個少年忙躬身下拜，少女傲然不答。書生也忙揖拜為禮，少女即盈盈還禮。少女走上高座，招手叫書生和兩個少年過來。客套一番之後，各各入席。跟著十多個穿了輕便服飾的少年魚貫前來行禮，坐在書生席位下首。

酒餚送上來，都是精緻美食。敬酒幾遍後，到少女敬酒，她對書生說：「聽我兩位朋友說，先生有過人技藝，今日喜遇，可以給我們開開眼界嗎？」書生謙遜地說：「我自幼至今，只讀經書，對於管弦音樂，一竅不通。」少女說：「我不是說這些，你再想想自己有甚麼特別本領。」書生低頭沉思好一會，說：「我曾在學堂中學過穿著靴在牆壁上行走幾步，只此而已。」少女說：「我就是指這些，你可以表演給我們看嗎？」書生依言在牆上走了幾步。

少女盜首　氣派懾人

少女見了便說：「這樣實在不易啊！」於是轉身和眾手下少年說話，令他們在堂前逐一表演他們的本領。只見有些人在壁上行走，有些人一手按著屋柱便往上走，各式各樣不一，都如飛鳥的來去便捷。書生愈看愈驚，拱手歎服，其實內心極為驚惶。一會，少女起座和眾人辭別。書生驚歎之餘，神思恍恍惚惚，心裡極不暢快。

第二天，書生又在路上遇到那兩個少年，少年誠懇地向他借馬車一用，書生便借給他。誰料過了一天，宮苑中傳出被人盜竊，竊賊捉不到，卻捉得賊人遺下的馬匹。於是追捕馬主，最後書生被內侍省人員捕獲，他們把書生送入一小門後便往下推，書生跌落幾丈深坑內。他舉頭仰望，只見一尺餘小孔在上。監管人員以軟繩吊下食物給他。書生餓極，狼狽吃下，繩子又被扯回。

無端蒙難　痛不欲生

深夜，書生心想何以落得這樣田地，哭訴無人，又悲又怒。這時，忽然見到好像一隻大鳥自上飛下，及至身旁，才知是一個人。此人以手撫慰書生說：「你在驚怕吧？但不用擔心，我來救你。」聽她的聲音，正是當日那個車中少女。少女用長絹纏縛在書生胸膊上，另一端縛在自己身上，說：「現在我救你出去了。」說罷縱身上躍，便如飛鳥般騰空而起，兩三下功夫已逃離王宮。

再走到城外十多里處，少女說：「你暫且回江南吧，考取功名的事，只有待來日好了。」書生得脫樊籠大喜，急急孤身竄逃，一路借宿乞食回到吳郡。從此也再不敢到京師求取功名了。

本文首先製造懸疑，一個初到貴境士人竟被不相識者敬禮有加，邀作上賓熱城招待，已引起追讀興趣。隨而引出眾少年高手，的確令人意外驚奇。後來此團夥首領來了，以為是甚麼豪客江湖大盜，卻原來是位標緻婷婷美少女。少女出場排場氣勢，已令人刮目相看。故事發展高潮迭起之後，原來是一場誤會。以為故事完結了，卻又波濤陡起，書生無故被該等來歷不明的人陷害。

正自為書生悲哀，那知盜夥少女突然從天而降，施展驚人武藝救他出獄。情節一起一伏，扣人心弦。書年得脫牢籠，乞食亡命奔逃回家。盜夥為甚麼要陷害書生又拯救他呢？留下了疑團給讀者作終結。其實陷害書生又救他是逼書生離開京師，要是他仍在京師，書生吐露他們的秘密，那便招致麻煩了！救他，盜亦有道也，亦帶出少女盜首的本領。

【詞語】請解釋下列詞語，並運用詞語造句。

蹓躂　躬身下拜　魚貫前來　得脫樊籠

高潮迭起

【問題】

1 吳郡書生何以得到當地少年的重視？

2 本文怎樣描述少女盜首的性格和本領？

3 你認為陷害吳郡書生是甚麼目的？

第九章　一飯之恩以身相酬

現在請人吃一頓飯是挺平常的事，古人一飯之恩，卻終身難忘。韓信得漂母一飯，發跡後千里求報，都是國人高尚報本崇源美德，千百年來引為美談。

春秋時（公元前六〇七年）晉靈公做了晉國的國君，但毫無品德，殘忍嗜殺，行為鄙劣，根本不像個人君。當時，趙盾是晉國的大臣，見到這樣便十分擔憂。屢屢勸諫靈公，勸得多了，靈公心煩氣惱之極，暗起殺機，要除去趙盾。於是派了刺客鉏麑去刺殺趙盾。

刺客不殺人而自殺

鉏麑趁天還未亮便到趙盾寓所埋伏，準備下殺手。他竄到屋頂高處，向下望去。見到趙盾寢室之門已打開，原來他已穿好朝服，一早準備上朝。因時候尚早，只見趙盾端坐不動，閉目養神。刺客鉏麑見到這個情景，深為感動。心想：趙盾對自己的職責不忘恭敬，真是個為國為民的好官，靈公要我去殺一個為民的好官，是對國家不忠。但接受了君王的命令而不能完成，是為不信。不忠不信，枉存天地之間了。隨即奔到大門，一頭撞向門外老槐樹而死。

刺客死後，靈公還是不甘心，要殺趙盾。到了秋天，靈公設宴宮中，邀趙盾入宮飲宴。這次他暗中在後堂埋伏甲士，要一擁而上殺死趙盾。趙盾不知就裡，欣然赴宴。酒過三巡之後，在旁勇士提彌明知道危險，突然走出來對趙盾說：「酒過三巡，於禮我們應該退下了。」跟著不由分說扶著趙盾走出堂外。靈公見到這樣，便喝斥豢養的猛犬要咬死趙盾。提彌明立即迴身護主，和猛犬搏鬥，結果猛犬被提彌明殺死，而自己也倒斃階下。

埋伏甲士　務除趙盾

這時一群甲士衝出來，卻突然見到其中一個甲士背過頭來擋著眾人追殺，且戰且走，拼命護著趙盾衝出宮外脫身。趙盾驚魂甫定，問來人說：「你是誰？為甚麼救我？」那人回答說：「我便是當日餓倒在桑樹下的那個人啊！」

原來趙盾有一次到首山打獵，在一處濃密的桑林下休息。忽然見到一個人躺在桑蔭下不動，趙盾問他患了甚麼病。他說：「我三天沒有吃飯，餓得要死了。」於是趙盾便叫下人給他食用。豈知他只吃一半，留著一半。趙盾奇怪，便問他原因。此人說：「我出外謀生三年，今回到這裡正接近老家，不知母親還在否，想留點食物孝敬她呢！」趙盾聽後，要他把食物吃光，再給他食物，好好回家侍奉母親。

桑下之士　捨命報恩

這時，趙盾記得往事了，慌忙問他姓名，家居何處。這位桑下壯士一概不答，獨自走了。趙盾也只好自己一人奔將回府。

這個春秋時代小故事簡簡單單，卻揚溢著國人高尚情操人格。首先是趙盾的恭敬職守，忠君愛國愛民。對桑間餓莩的關愛大度，成人之美。刺客鉏麑的深明大義，不肯枉殺忠良而甘願輕生。提彌明之護主犧牲與機警。最後桑間壯士之孝義與感恩圖報，高明遠走。全篇散發著人格高義，可惜為人忽略了，鮮有提及。

【詞語】 請解釋下列詞語，並運用詞語造句。

報本崇源　不忘恭敬　不知就裡　酒過三巡

豢養　驚魂甫定　侍奉　餓莩

【問題】

1 刺客鉏麑何以不殺人而自殺？

2 提彌明何以肯拼死護主，結果怎樣？

3 你對三個令趙盾全身而退的義士，有甚麼評價？

第十章　西門豹智除陋俗

流傳較廣的古代智者，有襄助周文王滅商而取天下的姜太公呂尚。相傳呂尚先祖，曾隨大禹治水有功，在夏朝時被封在呂地，於是以地為氏，尚是他的名字。又有人稱他為太公望，姜太公是西姜人。因周文王遇他時說：「吾先君太公曰『當有聖人適周，周以興』。子真是邪？吾太公望子久矣」，而民間多知姜太公之名而不知呂尚。

周文王大定天下後封功臣，伯禽封於魯，呂尚封於齊。三年後伯禽報政於周公，周公問：「為甚麼這樣遲報啊？」伯禽說：「因改變當地的風俗，改革當地人的禮制，要三年時間，所以遲了！」

為政當簡　政簡民歸

姜太公呂尚過了五個月，便向周公報政。周公問：「你何以這麼快可以報政？」姜太公說：「我簡化了君臣之禮，隨當地風俗行事罷了。」後來姜太公聽聞伯禽遲報，便說：「為政不簡不易，平易近民，民必歸之。看來他日魯國要奉齊國了。」後來果然齊國強大魯國許多。

古人地方統治者都知道良治要革除陋俗，但移風易俗，談何容易？風俗是當地民眾的一種長期習慣規範和信仰，不願變更，更影響到當地權貴和既得者的利益。提出一改習俗風氣，必然遭受巨大壓力和反抗。史書載二千多年前，西門豹到鄴縣當縣令，便遇到一群無良權貴長久殺人詐財的陋俗。若一到任便提出反對，威望未立而變易風俗，足以立即倒台，以後在縣中寸步難行。如視若無睹，則傷天害理，有虧職守。

陋俗斂財　草菅人命

原來該地常常河水泛濫，淹沒農田，使居民無耕無獲，甚而喪失家園，造成人命損失。後來有神巫與當地長老、豪門、下級官吏勾結，散播謠言，說河神發怒，泛濫造成災害。但若替河神娶一少女為妻妾，可使河神息怒，保境平安。於是要鄉民合資捐獻，從貧家買一美好少女獻給河神，以保平安。每年如是為河伯娶婦，收得數百萬錢瓜分，而少女家人只得二三十萬錢。可憐窮家少女被選中，則被丟到河裡活活淹死。年年復是如此，許多窮家逼於攜女逃亡。

此習俗中每年少女既被選中，巫覡便會替少女齋戒沐浴，換上美麗新衣，讓她住在河上為她而建的齋宮上。那裡備有牛酒飯食，帷幕繡床，一如待字閨中的女子出嫁時的款待。住了十多天後，便放任齋宮隨水漂流，最後沉沒，少女命殞龍宮。西門豹既知此事後，也沒有甚麼表示，只對下人說，河伯娶婦那天，你們通知三老、祝巫、女子父親一併同來，我也親赴觀看盛典。

河伯娶婦　熱鬧非凡

終於，時辰到了。西門豹便到河邊，只見巫婆原來是七十多歲的老婦，帶著十個女弟子，都穿著素衣，肅立巫婆身後。這時，鄉里三老、縣中豪貴，一些官人，和居民二三千人齊齊到會，甚是熱鬧。西門豹這時說：「好，讓我看看新人樣貌怎樣。」眾人即將少女推到他跟前。西門豹凝視了一會，對巫祝，三老，及會中父老說：「不對，這個少女的樣貌不夠好，麻煩大巫婆入報河伯，說要求得更好女子，日後才獻給河伯。」說罷，便命吏卒合抱巫婆投入河中。事出突然，大家都不知所對。

過了一會，西門豹便說：「為甚麼她去了許久還未回報呢？她的弟子應下去催促一下。」命人將一個女巫徒弟投入河中。又過一會說：「哎喲！這徒弟去了許久也不回來說一聲！」又命人將另一女巫弟子投入河中。如是捉了三個徒弟投進水裡。不久，卻說：「唉！這三人都是女子，說話都不清不楚，要男的去通報河伯才對。」說完，隨即把三老投入河中。

順水推舟　一眾啞口無言

這時西門豹皺著雙眉，以極嚴肅心焦的表情佇立河邊，像等待得極不耐煩的樣子。長老和一些下級官吏都十分驚恐，站有河邊顫抖。這時，西門豹又說：「女巫、她的弟子、三老，都是有去不回，究竟要派誰去見河伯呢？」只見他臉上煩惱之極，正思量找誰人下水。

這時，一干有關人等嚇至全身發抖，慌忙下跪叩頭，臉死如灰，額血流地。過了一會，西門豹無可奈何歎氣一聲，說：「河伯要留著他們作客，我也沒辦法，你們起來吧！」於是叫眾人散去。

移風易俗真不易，西門豹妙計破除陋俗，智慧出眾。試想他若下一道令禁止，便是官逼民反。如此順水推舟，以子之矛，攻子之盾，神巫與強豪每年失去鉅利，哼也不敢哼一聲，此後也絕不敢再提。政治問題，需要政治辦法解決，西門豹何其高明？

這只是上集，還有下集。便是他發動民眾鑿十二渠引水灌田，濬深河道，使河水不再泛濫，才算以竟全功。否則，河水再泛濫，又有好事者再提河伯娶婦了。

【詞語】請解釋下列詞語，並運用詞語造句。

君臣之禮　移風易俗　視若無睹　傷天害理

有虧職守　官吏勾結　散播謠言　巫覡

齋戒沐浴　命殞龍宮　肅立　順水推舟

攻子之盾　濬深河道

【問題】

1 西門豹到鄴做縣官，遇到甚麼風俗？

2 西門豹何以不明令禁止河伯娶妻的陋俗？

3 西門豹破除陋俗後，功德圓滿嗎？為甚麼？

第十一章 刺客殺手深明大義

本文出自唐代《原化記》，屬武俠短篇小說。全文人物不多，而張露人性，情節迂迴緊湊。短短文字，使人追讀，而又意外驚悚。結局更出人意，盡見作者寫作功力。

有一個讀書人在京城附近小縣城當縣尉，負責緝捕盜賊。有一次捕了一個疑人，還未正式審判，他在堂上向縣尉說：「我並不是小賊，我有不尋常的本領，你把我放了，他日我一定報答你。」縣尉見他相貌堂堂，吐語不凡，心下決定把他放了。但裝作並不答應。入夜，卻叫獄卒把他放走，連獄卒自己也逃去。第二天，獄中失去疑犯，獄卒又無影無蹤，上司把他責備一番，也再不追究。

這個縣尉任滿後，四處遊歷。一次到了一個縣城，發覺縣令的名字和昔日放走的逃犯一樣，便通報求見。縣令得知來人姓名後，大為震驚。慌忙走出來迎拜，果然是前識故人。

恩將仇報　惹來刺客

兩人相見大喜。縣令熱情招待，晚上還對床共話，談得甚為愉快。縣令和他相處十多天後才和他一起回家共敘。這個讀書人偶然如廁，廁所剛好和縣令房間只有一牆之隔。忽然聽到縣令的妻子對丈夫說：「你有甚麼客人啊，令你十多天不回家？」縣令說：「這個是我的大恩人啊！當日我的性命是他救的，今日真不知要怎樣報答他！」豈知那妻子卻說：「你沒有聽過大恩不報嗎？看來你要動手了。」縣令沉吟了一會才說：「你說的也有道理。」這些話讀書人全聽到了，便急急回去叫僕人一起乘馬逃走，連衣物也不敢取，丟棄在廳中。

急行至中夜，已走了五六十里，出了縣界，在一間村店投宿。僕人奇怪主人走得這樣匆忙，便問個究竟。這個人便一五一十把這個縣令忘恩負義，還想把他殺掉的事說出來。僕人聽了，為之泣涕。

迴鋒路轉　結局難料

這個時候，突然一個人從床下鑽出來，手上拿著利刀。主僕兩人大驚失色。那人說：「我是個刺客，縣令叫我來取你頭顱。但剛才聽你說，知道這個縣令才是負心漢，我差點枉殺好人。我決不放過他的。你且勿睡，我去取他頭顱來見你，替你雪冤。」那人又驚又怕，也得慌忙謝他，但見刺客出門如飛。

二更時分，刺客回來大叫：「人頭來了！」拿火把一照，果然是縣令的人頭。二人呆在當場。刺客一聲作別後，蹤竄不知所終。

這個故事發生在刺客盛行的唐代，恐有所本。文中描述縣令最初尚有三分良知，辣手的卻是縣令的妻子。作者把罪魁禍首推在女子身上，有點過分。但縣令的歹意有此女子作為轉接，讀來又順理成章得多。

【詞語】請解釋下列詞語，並運用詞語造句。

吐語不凡　如廁　大恩不報　沉吟

忘恩負義　罪魁禍首

【問題】

1 何以縣尉放過這賊人，對嗎？

2 這縣令妻子說大恩不報有沒有道理？為甚麼？

3 你認為作者寫故事的用意是甚麼？

第十二章　大鐵椎深藏不露

魏禧是清初名士，以文言寫這篇〈大鐵椎傳〉。這是一個清人的豪俠故事。字數不多，只勾勒描述幾筆，但俠士的氣慨技能，灑脫出眾之姿，躍然紙上，比媲唐人筆下神韻，令人掩卷追慕遐思。

故事從河南青華鎮豪士宋將軍說起。宋將軍不是將軍，因其人雄健豪邁，武功又高，引得七省雄豪甘於追隨，人家都愛稱他為宋將軍。他的其中一個弟子叫高信之，力大且擅長弓箭，和比他年輕七歲的同窗陳子燦同拜在宋將軍門下學藝。

一天，一群人同在堂上進食。子燦發覺其中一人食量甚大，相貌奇醜。脅下夾著一個大鐵椎，約四五十斤重，像是流星槌一類武器。此人把槌柄鐵鍊摺疊在一起，但拉展開來卻有一丈長。他不愛和人說話。偶然聽到他開聲，極像南方人士。人家問他的姓名和鄉籍，一概不答。

貌醜食客　惹人疑竇

陳子燦剛好編配和他同一臥室。半夜，卻聽到他說：「我要出外了。」忽然便失去蹤影。子燦一驚之下便跑去問信之。信之說：「這人初到時，只以藍布裹頭，沒有穿襪子，足纏白布。除大鐵椎外，別無他物。但奇怪腰間卻多的是金銀，我和宋將軍都不敢查問」。言罷子燦便回房間睡覺。怎料一覺醒來，此人早在睡炕上正打鼻鼾熟睡。

有一天，這人對宋將軍說：「我久聞大名，以為你是個出眾的豪傑，但終究使我失望。現在我要辭別了！」宋將軍聽了，更加客氣地挽留他。這人卻說：「我曾奪取山東馬賊的財物，凡反抗的，我都把他們殺了。這群盜賊反而捧我作他們的首領，我又不答應。所以他們仇恨我。若我再在這裡住下，必禍及你。」

隨即又說：「今晚半夜，我們已約好地方決鬥了。」宋將軍聽了，欣然說：「好！我便帶了弓箭騎馬去助你。」豈知大鐵椎說：「不用了！對方能人不少，你同去，我反而要保護你，便不痛快了！」宋將軍素來自負武功高強，也想藉這機會看看他的本領，便堅持同往。大鐵椎見推卻不得，只好答應一同前往。

大展身手　群賊辟易

將行至決鬥地點，大鐵椎要宋將軍藏身附近一處空堡內，說：「你在這裡看我怎樣對付他們好了，千萬不要張聲，不要讓賊人知道你在這裡。」這時雞鳴月落，近拂曉天亮，星光照曠野，百步見人。

大鐵椎馳到平地，拿出奇怪的木管吹了數聲。一會，只見二十多人從四方八面乘馬而至，隨後有百多人負著弓箭步行而至。一賊人見到大鐵椎，立即提刀縱馬奔到他臉前，大聲喊道：「為甚麼要殺我大哥！」話剛說完，大鐵椎喝道：「中！」只見馬頭盡碎，這賊人應聲墮馬。其他賊人立即圍著他廝殺，大鐵椎雙臂運起流星槌，呼呼如風，從容應付。對方遇者披靡，人翻馬仰，都倒在地下，瞬眼間殺了三十多人。

宋將軍遠遠屏息觀戰，嚇得兩腿發顫，大氣也不敢透一下。忽然聽到大鐵椎說：「老子要走啦！」只見地塵滾起，一溜黑煙遮蔽著他的坐騎，向東疾奔。從此，再見不到大鐵椎的影蹤了。子燦後來對人說起大鐵椎的事跡，還記得見過他寫的字，楷書十分工整，原來他並不是一個老粗。

真英雄不留名與身

作者借此篇作品慨歎能士隱藏世間，像神龍之見首不見尾。而筆者獨欣賞其筆下豪客大鐵椎之不留名與身，反觀宋將軍之輩徒得虛名，世人不能察人之真偽實多矣。

【詞語】請解釋下列詞語，並運用詞語造句。

鄉籍　雞鳴月落　拂曉天亮　從容應付

遇者披靡　屏息觀戰　疾奔　徒得虛名

【問題】

1 何以宋將軍在當地得享盛名？

2 作者用甚麼方法襯出大鐵椎的武功超卓？

3 本文的題旨是甚麼？

第十三章　女劍客棄夫而去

唐代男女之防並不嚴，非常開通。女性有財權，地位比後來的宋朝好得多，在社會上亦活躍得多。因而唐傳奇之中，有不少活躍女性的描述。而自古以來，中國文人筆下讚美女子，不外乎「溫柔貌美」四個字。但唐人筆下，亦有剛毅勇武的女俠，如驚鴻一瞥，竄躍書林，稍縱即逝，令人遐思神馳。

崔慎思在貞元時應考進士，在京城找不到適合的房子，只有租住小地方。原來屋子主人只居住在附近，是個二十多歲的少婦，沒有丈夫。崔慎思見她頗有姿色，帶著兩個女奴生活，便想和她同居，娶她為妻。那少婦說：「我不是讀書人，恐怕配不起你，日後你便會反悔。」崔慎思便提議納她為妾，這個少婦反而同意，但沒有說出她的姓氏和家世，崔慎思亦不介意。

不願為妻　只願為妾

過了兩年，崔慎思取用她的錢財過活，少婦沒有一點厭惡之色，後來兩人生了一個孩子。幾個月後，一天晚上，崔慎思已就寢。門窗關好，帷帳已落下，卻發現失去妻子蹤影。崔慎思有點徬徨失措，懷疑妻子有奸情，愈想愈怒。他忍不住起床，心緒凌亂在堂前踱步。

這時月色迷矇，更感淒迷無依，陡然間，見到妻子身纏白練，從屋頂滑下來。只見她右手拿著利刃，左手拿著一顆人頭，對崔慎思說：「我父親昔日為郡守冤殺，要入城報仇。已等候幾年。今夜總辦到了，便不再久留，從此大家訣別。」說罷婦人重新整理裝束，用一個灰布囊把首給盛好，再對崔慎思說：「我有幸當了你兩年妾侍，生了一個孩子。房子及婢僕都是我帶來的，現在一起送給你，記著要好好撫養孩子啊！」說罷便翻牆過院而去。

崔慎思神魂未定，還在驚歎。過一會，豈料妻子折回，說：「剛才離去，忘卻替孩子作最後一次哺乳。」於是走入房內見孩子，好一會才出來，說：「餵飽兒子了，這次真的永別。」迅即失去蹤影。崔慎思隔了許久聽不到孩子的啼哭聲，便入房看望孩子，原來嬰孩早已身首異處，妻子在臨走時竟然把兒子殺了。嚇得崔慎思一身冷汗，整夜不能睡，第二天惶惶恐恐離開大宅。

冷峻狠絕　為報父仇

這個故事刻劃一個矢志復仇的俠女形象。她生存的目標，只是為了復仇。在伺機復仇當中，遇到可以相處的男子，也毫不顧忌委身相向，而且盡了做一個好妻子的本分。但和諧快樂的婚姻，不能熄滅她復仇的火燄，婚姻生活倒成為她生命中一段輕鬆的插曲。大仇一旦得報，便飄然遠去。對年來相處甚得的丈夫也毫不留戀，兼且回步殺子，以絕情緣。棄夫殺子，絕不拖泥帶水，冷峻而令人驚歎。

作者皇甫氏不寫女俠即時殺子而去，偏偏寫去後折回才殺子。俠女在這一段時間中，理智感情一定經過天翻地覆的爭鬥，最後顯然理智戰勝感情。作者在寫法上比寫立時殺子高明得多。寫復仇殺人夜歸，婦人道清原委後，向崔慎思交待餘事，充滿人性。

上文名「崔慎思」，原載於〈原化記〉，作者結語且說：「古之俠者莫能過焉」，有褒揚之意。這篇小說惹起許多後人爭論，認為矢志復仇可取，但殺親兒太狠絕，不近人情。後來《聊齋》便有一篇類似情節的〈俠女〉，精神如一，而最後俠女沒有把親兒殺死，比較近人情。

唐代廷臣敵對相爭甚烈，朝中構陷冤殺案亦多，都反映在當時小說上。另唐筆記小說〈賈人妻〉，故事大意一樣，但寫得沒有這篇出色，殺子棄夫，恐怕真有其事。

【詞語】請解釋下列詞語，並運用詞語造句。

頗有姿色　就寢　月色迷矇　陡然間

訣別　首給　委身

【問題】

1 崔慎思何以不考慮少婦的背景身世便和她結婚？

2 試就本文描述及評論崔妻的性格。

3 如果你是崔慎思，妻子如此，有何感受，有何感想？

第十四章　生死輪迴變魚記

唐代傳奇由唐代飽讀詩書士人所寫，〈變魚記〉全篇寓意深刻，結構之精密，描繪細節之生動，寫作上敘事手法之靈活多姿，均為上乘佳構，殊足為小說家典範。此小說趣味性之濃，開篇即吸引讀者追讀下去。

唐肅宗時，涇州青城縣一個叫薛偉的文官，忽然連病七天，然後全無呼吸。他的家人十分傷心，見他心頭尚有微暖，不忍心立即把他埋葬，於是停放一旁守候。這樣過了二十多天，薛偉忽然坐了起來，對身旁的人說：「我睡了多少天呢？現在是甚麼日子了？」「你足足睡了二十多天呢！」身旁的僕人搶著回答。薛偉急急地說：「你快快跑到縣衙內，看看各位官人是否正在吃鯉魚。你對他們說我的病好了，而且大有奇遇，叫他們停筷不要吃魚，一起來到這裡聽我說奇遇吧！」

僕人走進官衙內，果然見主人的同僚正想吃魚。他們知道薛偉死而復生，便匆匆趕來。薛偉見到一群同僚，便說：「你們叫僕人張弼買魚吃嗎？」眾人說是。薛偉又對張弼說：「我知道他們想吃大魚，而漁夫偏偏只把小魚給你，你卻在蘆葦草堆中找到藏起的大魚，便把牠拿走。到了縣衙，見到一些人在門西下棋。入到衙內，副縣官和雷縣尉在賭博，而另一裴縣尉還在吃桃。你說出漁人藏起大魚的事，裴縣尉很生氣，命人將漁夫鞭打，最後將鯉魚拿給廚子，結果廚子把魚殺了。你們等待著吃魚，是嗎？」說完，薛偉對每一個人逐一詢問，果然便是這樣。眾人不禁大奇，問薛偉為甚麼知得這樣詳細。誰知薛偉說：「不瞞各位，大家正等待著要吃的魚，就是我薛偉本人了！」眾人聽了，又不禁大吃一驚。

昏死多日　人化為魚

薛偉說出他的經歷：原來當他初病之時，便感到十分悶熱，難以抵受。忽然把心一橫，要去避熱。於是拿著手杖，走出屋外。薛偉離開屋子後，便往深山行走。只感到空氣清新，十分暢快。一路行到江邊，望到江水碧綠，澄明如鏡，想到如能在水中泅泳，一定更加舒暢。又想起年少之時，常在江邊嬉水，其樂無窮。成年之後，再未曾入水游泳，眼見碧潭可愛，便不假思索，脫去外衣，跳入水中。

正在綠波浮沉之際，薛偉忽然想到，人在水中游泳，又怎及得魚在水中暢快呢？於是自言自語地說：「如果我能暫時變成一尾魚，在水中游泳便十分好了！」誰知身旁剛有一條魚游過，說：「只怕你不想做魚罷了！你想做魚，有甚麼困難呢？我便成全你！」說完，便游得無影無蹤了。過了不久，見了一個魚頭人身的人，騎著小鯨魚而來，周圍還帶著幾十條大魚，對薛偉說：「河神知道你不愛居陸上，喜歡居住在水中，享受清波綠水的樂趣，現在暫時把你化成赤鯉，在東潭居住。但你做了魚後，便要十分小心，不要貪吃被人捕釣。這樣，連其他的魚都會恥笑你呢！」薛偉聽了這番話之後，還來不及思索，一看自己，早已變成一條鯉魚了。

這樣，薛偉倒也逍遙快活，天天遊玩，五湖四海也到過，而且夜裡總能回到東潭居住。有一天，薛偉覺得特別肚餓，四處也找不到食物，果然見到一條船經過，原來是往日認識的漁夫趙幹的船，於是便隨著船游，又見趙幹放下魚餌入水中。魚餌十分芳香，薛偉想起魚神的話，不敢吃餌。又隨船游了一會，始終擺脫不了魚餌的誘惑。便想：「我本是地方官員，只不過暫時變魚，即使吃了餌，趙幹捉了我，他一定送我回縣府的，難道他會殺了我嗎？」於是便把魚餌吞下口中。漁夫趙幹，果然收起魚絲，將薛偉釣上水面。薛偉連聲大叫，趙幹也不聽，用繩穿著魚鰓，將魚拋在蘆葦叢中。

面對素識　無動於中

不久，縣役張弼來到江邊，向漁夫買大魚。但趙幹說沒有，只有小魚。張弼不信，終於在蘆葦草中找到薛偉，一手便提走。薛偉見到這樣，便大聲對張弼說：「喂！張弼，我是薛大人啊！你快些放了我。」但張弼全無反應，還抓了漁夫趙幹一同回府。入府門時，一些差役在門西下棋。薛偉便大叫，那些人全無反應，只聽得一些人笑著說：「嘩！這麼大的一條魚！有三四斤重呢！」一入到內堂，見到縣尉們和縣官們在玩賭博遊戲。大家都說魚大，快快煮來吃。張弼說出漁夫騙他，正在吃桃的裴縣尉怒起來，叫人鞭打他。

薛偉見到，對裴縣尉等人說：「你我大家昔日一同工作娛樂，今日我被漁人捉著，竟然不救我還要殺我，這樣狠心。」說著，流下淚來，但是眾人全無同情之心。薛偉被拿到廚房，廚師原和薛偉是好朋友，也提刀來殺他。薛偉又大叫：「喂！你為甚麼一定要殺我？我是薛大人啊！為甚麼不向眾人說明一切呢？」豈料廚師也全無惻隱之心，手起刀落，把魚頭劈下，而薛偉此時卻因而轉醒過來。

生死輪迴　暗藏玄機

眾人聽了薛偉的經歷，都嚇出一身冷汗。僕役張弼、裴縣尉、廚師等人都說看到魚口振動，但卻聽不到絲毫聲音。眾人思前想後一番，再也不敢吃那條魚。此後終身也不敢吃魚。

而薛偉經此一病後，再也沒有甚麼病痛，平平安安的得享天年。

此故事李復言原著，主旨反對殺生，在宣揚佛教的因果報應。生死輪迴，此文思奇幻，文筆細膩。寫出魚兒得水之樂，受苦無助之悲，讀來使人感同身受，寫法別出蹊徑。

【詞語】請解釋下列詞語，並運用詞語造句。

澄明如鏡　不假思索　緣波浮沉　逍遙快活

全無反應　同情之心　惻隱之心　因果報應

生死輪迴　感同身受

【問題】

1 薛偉死而復生，最急著做甚麼事？為甚麼？

2 薛偉化身為魚的生活幸福嗎？何以故舊朋友不念舊情？

3 本文旨在勸人不要殺生，你認為達到效果嗎？

第十五章　富貴人生黃粱夢

甚麼是人生期盼的至樂呢？莊子說逍遙，孟子說得天下英才而育之。但凡人希望的是甚麼？古人說人生有三大樂：他鄉遇故知，洞房花燭夜，和金榜題名時。更有人乾脆就是一句話：腰纏萬貫騎鶴上揚州。既要富有，又要做神仙。其實，一般人希望在滾滾紅塵得到的，不外權位名利，妻財子祿。古時竟有人意外而得之，結果，他又有甚麼想法呢？

開元十九年，有一個老道人在邯鄲道上旅館歇息。見到一個年輕人，穿著短褐衣，騎著青矮馬緩緩而來，也到旅店休息。這一老一少交談起來，兩人倒談得十分投契，原來青年人姓盧，道人姓呂。

道左相逢　言談投契

談話間，盧生望望自己的衣裳，歎息起來：「大丈夫生於當世，想不到竟然這樣困頓！」道人卻說：「我看你身體壯健，談吐又得體，為甚麼要歎氣啊？」盧生說：「我只不過在世上偷生罷了，毫無一點稱心遂意的事。」道人說：「你這樣還不滿意，怎樣才能稱心呢？」盧生說：「大丈夫要出將入相，列鼎而食，福蔭滿門，這樣才稱心呢！我苦於業藝多年，以為有一天飛黃騰達，誰知只得仍在躬耕，有甚麼出息呢？」說完，見當時店中主人正煮黃粱給他們做飯，尚未可食，意興闌珊，閉目欲睡。老道人從囊中取出瓷枕，對盧生說：「你用這枕睡一覺吧！包保你稱心滿意。」

大展俊才　朝野仰望

盧生便枕著瓷枕，忽然見到瓷枕兩端有孔，便把瓷枕放近來看，見到枕孔愈來愈大，甚而有光。竟然引得盧生可以探步入內，原來別有天地。悠悠忽忽，終於回到家裡。不久，娶得名門清河崔氏女兒為妻。妻子賢淑秀麗，還帶了許多豐厚妝奩過來，盧生頓時生活一改，過著富裕的生活。第二年，竟中進士，被朝廷任命為官，他盡心盡意辦事，愈做愈好，不斷升遷。因他的政績實在好，地方人士為他立碑頌德，可謂揚名一方，人生得志了。

後來，沒想到被調入京城做京兆尹，掌管京城治安。當時玄宗為帝，遇上夷狄入寇，節度使戰敗身死。甘肅、青海一帶暴亂頻生，皇帝便命他為河西隴右節度使。盧生帶著兵馬，大破戎虜，斬首七千，開地九百里，隨之築三大城堡鎮守要塞。朝廷因而為他在邊陲泐石紀功，恩遇之隆，一時無兩。後回朝廷任御史大夫，吏部侍郎，朝野仰望。

正當盧生望隆之際，不料被當朝宰相嫉妒，設計中傷，貶到端州。三年後才還朝，不久官拜中書侍郎同中書門下平章事高職，與另二大臣共掌朝政十年，帝主常一日三見，同議軍國大事，時被譽為賢相。

謗隨譽至　階下成囚

但不久，又被誣陷，朝中有人說他私通邊將密謀造反，被皇帝親自下詔繫獄。這時官差追捕極急，盧生知道後帶淚對妻子說：「我本家在山東，有良田數頃，亦足溫飽。何苦追求功名利祿，致有今日厄危？現在想再穿短衣，騎青馬，自由自在行走邯鄲道上也不可能了！」感歎之餘，萬念俱灰，便舉刀自殺，卒為妻子所阻所救。幸好朝上有中人（宦官）作保，免了死罪。但其餘被起控的一干人等，全被殺戮。

幾年後，皇帝知道盧生實是冤枉，再用他為中書令，封趙國公，禮遇逾常，又隆望一時，再權傾朝野。盧生有五子，都居高位，與他攀親的人家，都是天下的名門望族，生有孫子十多人。

盧生再度任相，成朝廷棟樑，位極人臣。三十多年間，聲名顯赫，名動全國。這時盧生年紀漸大，反而失去律己之心。皇上又常賜美人名馬，良田甲第無數。便驕奢起來，晚年生活淫佚，愛聲色犬馬之娛。這時不想再當政，乞求皇帝准他告老回鄉。但皇上不許，認為朝上不可一日缺他。

盧生終究年邁病臥在床，朝中最有權勢的宦官，也列成隊伍探望他。名醫奉上名藥，不可勝數。盧生極為感動，病中上書對皇帝說：「微臣本來不過是山東一個書生，以耕種田圃自娛。得逢好運到朝裡當官，蒙聖恩眷愛，出將入相，處理事務多年，幸能戰戰兢兢，盡心盡力答謝皇恩。現今年逾八十，命將終結，誠心誠意感謝皇恩浩蕩，永誌不忘。」帝主得了奏章，忙下詔勸勉，叫驃騎大將軍高力士探望他，誰知當夜他便過世。

富貴浮雲　黃粱一夢

盧生感到自己去世後，伸伸雙腳，發覺原來是躺在床上。見老道人就在身旁，店主人所煮的黃粱尚未煮熟。眼見景物依然，與入睡前無異。一彈而起，脫口說：「原來是夢一場！」老道人在旁，笑笑口說：「人生於世，亦不過大夢一場罷了！」盧生不禁一陣喟歎，終於搖頭太息說：「世上窮途及顯達的時運，榮辱的感受，得失的快樂與憂懼，生生死死的經歷，我都嘗遍了，也不外如是……今對先生（老道人）的教誨，我怎會無動於衷呢？」說罷，抱拳向老道士深深一揖，拜謝而去。

原著為唐沈既濟之〈枕中記〉，乃傳奇中較早期創作，帶有玄怪意味。今由筆者譯寫為語體文。全文借盧生夢境描述唐代士子熱衷功名、官吏腐敗與仕途險惡，刻劃出時代的真實感。作者極聰明之處，是借煮黃粱尚未煮熟的短短時間，虛實交替，使主人翁頓悟八十餘年的人生，不過彈指間的事。所謂榮華富貴與屈辱，都是過眼雲煙。內容既諷刺，亦有警世意味，是極出色的創作。

有人認為道士是呂洞賓，而盧生既悟人生的虛幻，應即拜呂為師棄家修道。惟筆者認為目下結局更好，盧生悟道回家，愛家人、愛朋友，更愛萬物，餘暇在邯鄲道上漫步散散心，活得更有意義。

〈枕中記〉之後有人改寫續寫。相近作品之〈南柯太守傳〉，亦有盛名。但筆者認為本文更勝一籌。元代有馬致遠作〈邯鄲道省悟黃粱夢〉，明代有湯顯祖改編〈邯鄲玄怪意味記〉，清代蒲松齡作〈續黃粱〉，可見〈枕中記〉之受人喜愛。

【詞語】請解釋下列詞語，並運用詞語造句。

出將入相　列鼎而食　飛黃騰達　躬耕

悠悠忽忽　豐厚妝奩　泐石紀功　朝野仰望

下詔繫獄　禮遇逾常　聲名顯赫　戰戰兢兢

景物依然　仕途險惡

【問題】

1 故事中年輕的盧生希望人生有甚麼成就？

2 盧生經歷過甚麼光輝？又曾遇到甚麼危難？

3 你認為盧生不隨道士學道對麼？為甚麼？

第十六章　捕快高手與少年郎

明代鮮有遺下豪俠小說，此短篇出自明人宋懋澄筆下之群盜，殊為可觀。大抵明代民生艱苦日子不少，文章反映能人淪為盜賊者多。作者以一能幹捕快拱託出群盜之本領、之高明、之氣慨。本文寫能人捕快被折服後心死如灰，退出江湖，使讀者身同感受，卻又以喜劇收場，更有高逸之餘韻。

劉東山明嘉靖時人，為著名捕快，住在河間交河縣。此人擅於箭術，箭無虛發，且能連珠發箭，永不落空。

到了三十多歲，他厭惡捕快生涯，便在歲暮帶了多匹驢馬，運到京師販賣，得百金。於是到城門準備僱一小驢回鄉。恰巧遇到一名鄉親，他對劉東山說：「近日群盜經常在良鄉一帶津道出沒，你帶著這許多銀兩，怎可以孤身獨來獨往啊！」東山聽了，展眉開顏，挺胸壯語，舉起右手拇指輕笑地說：「這二十年來憑這張弓追捕賊人，從未失手。今回可能是我最後一次對付壞人了！」那鄉親自覺失言，忙不迭道歉，多聲珍重而別。

佳公子懼怕強盜　要求伴行

第二天，劉東山束著金腰帶，騎著後來買下的健騾，肩上掛弓繫刀，衣中箭袋插上二十支箭簇而行。未至良鄉，突然見到一騎從南面奔來，遇見東山立即勒著馬頭。細看原來是個二十出頭，風度翩翩的少年，穿黃衣戴氈笠，配備長弓短刀，箭袋中藏著數十支新箭。這時他的白馬不斷嘶叫怒鳴，好像抱怨主人勒著牠不走。

劉東山打量此人之時，少年卻拱手為禮，說：「道左相遇，冒昧請教高姓大名。」兩人寒暄後，少年自我介紹說：「我是清白人家，在京師經商三年，想回臨淄老家成親。倉卒間得遇先生，想大家結伴同行，到河間才分手。」劉東山見他腰間像有不少盤纏，而為人溫文有禮，卻又身手矯捷，心生好感。而途中有人陪伴，也不至寂寞，於是同意隨行，晚上一同打店度宿。

翌日，出涿州，少年突然問：「前輩生平捉捕了多少賊人呢？」東山登時意氣風發，乘機誇耀自己往績，語言間表示賊人多無能之輩，豪氣一番。少年聽後便說要借他的弓試試，少年拿在手上，像拉繩子一般把弓隨手拉開。東山始感驚愕，於是也借少年的弓來開開，誰知用盡氣力，弄至臉紅耳赤，也不能把弓盡開。駭異之下對少年說：「你竟天生神力！」少年說：「我非神力，只是你的弓太軟了。」劉東山忍不住再三驚歎，少年卻對他更加恭謹。

遇上大盜　獻金乞命

第二天傍晚將至，過雄縣，忽然失去少年蹤影。東山始有驚恐之心，暗自尋思：若他對我不利，則勢無活命之理。過了兩個驛站，卻見到那少年在百步之前，正張弓搭箭對著劉東山，說：「多次聽你說弓矢天下無敵，今日請你聽聽箭風。」言未畢，但感左右兩耳嗖嗖有聲，如兩鳥疾飛而過。只見少年再開弓搭箭，大聲說：「你是個聰明人，今日我要借你腰間金銀和騾子一用。」這時劉東山膽氣盡喪，於是下鞍，解下腰囊，膝行至馬前奉上乞命。

少年喝斥著說：「滾吧！老子今日有事，不和兒子同行了。」轉頭向北而去。劉東山但見黃塵滾滾，心下懊惱惆悵。嗒然若失，只得空手回鄉，再收拾殘餘，夫婦同往村郊賣酒過活。從此不再沾手弓箭，不談江湖事。

豪客群嘯而至　如夢如醉

過了三年，一個寒冬之夜，忽有十一位豪客，騎著駿馬，穿短衣，各帶刀劍弓箭而來，到市集解鞍買酒。其中有一未冠少年（未成年），身長七尺，帶馬拿著兵器，對眾人說：「第十八住在對門。」眾人點頭和應，此少年又說：「我到那邊稍呆一會，再來和大家痛飲。」

他出去後，十人便在酒台前喝酒，飲了六七壜，殺豬雞牛羊來吃，熱鬧得緊。又在皮囊取出野雉、鹿蹄、野兔來下酒，並招呼店主人同飲。

這時店主劉東山被逼坐下，瞥見左邊一個人，正是當日相約同行到河間的少年，更驚惶害怕。暗想：唉！自己身家薄，怎能滿足這些豪客的需索呢！於是默然不語，不敢造聲。

誰知各人興緻甚高，都來勸酒。這時少年見了劉東山，卻豪氣十足，把氈笠脫下：朗聲說：「老兄別來無恙嗎？我常常想念著你呢！」東山嚇得魂不附體，失聲下跪。少年俯身拉著他的手說：「不要這樣！不要這樣！昔年眾兄弟在順城門外聽你海口誇耀，於是叫我在路上戲弄你一番。你我當日說明大家在河間才分手的，可是我半途便走，是我失約啊。現在把取去的十倍奉還！」說著，取出千金放在桌上，要劉收下。劉東山這時如夢如醉，不敢推辭，只有戰戰兢兢和妻子拱著金銀入內。

對戶神秘高人　群豪禮敬有加

安頓好後，劉東山再殺牲口取酒招待眾人，並請眾人留宿，多玩幾天。他們同聲說，這要請示十八兄了。便到酒肆對門，向未冠少年說出店主盛意。少年回話，叫眾人好吃好喝，飽醉後便睡，不得生事，否則兵刃相加，見血才收。於是十人再大飲，又把酒肉送到對門十八兄處。只見十八兄夜裡獨自出門，天亮才回來，始終不踏入劉東山酒肆。也不與其他十人談笑。劉東山忍不住輕聲探問十八兄是何許人。十位客人嘻哈大笑，高聲吟出兩句詩來：「楊柳桃花相間出，不知若個是春風。」

劉東山當然不解。三日後，一眾訣別。東山的酒肆，又回復昔日的平靜了。豪客這兩句詩的確難明所指。所謂「十八兄」筆者只能猜此人姓李，身分是群豪的首領，或是未冠少年的師父。願有人能把真相相告。

文筆曲折　奇峰突出

這個豪俠故事迴環曲折，吞吐往復。寫出豪士的行逕與性情。古來捕快與賊人勢不兩立，但大盜不嫌死對頭捕人，卻嫌他輕視盜夥中無人，故而教訓之。以為故事說完了。再又奇峰突出，寫盜夥豪情勝慨，如見其人，如聞其聲。而群盜之尊者，竟又是此失意捕快之對門住客。多年對戶而居竟不知高人在目，真有眼不識泰山。故事結構重重架疊，一環一扣，人物鮮明活脫，意境高逸，此短篇小說真是明人之表表作。

【詞語】請解釋下列詞語，並運用詞語造句。

忙不迭　風度翩翩　冒昧　寒暄

倉卒　屏息觀戰　膽氣盡喪　嗒然若失

兵刃相加　意境高逸

【問題】

1 本文怎樣寫出強中自有強中手？

2 這群豪客究竟是否壞人？有本領嗎？

3 作者用甚麼筆墨形容十八兄武藝最好？

第十七章　域外俠客崑崙奴

此文原載《傳奇》。崑崙奴磨勒是黑種人，流落長安富貴人家為奴。反映唐代社會長安已成國際大都會之一面。崑崙奴乃泛稱，有指非洲人，亦有指印度人。筆者以其名觀之，近大食（阿拉伯）人，該是回教徒。磨勒，今音「模罕默德」。

大曆時，朝中有位高官，與當時天下一品、位極人臣的大員（影射郭子儀）交情甚篤。他有一個兒子當宮廷侍衛，叫崔生。因一品大人病了，差兒子去問候。

崔生年少英俊，言行高雅。他到了一品大臣家中，家妓捲簾邀請崔生到內室入見。崔生向一品大臣道出來意，一品大臣極欣賞他的談吐風儀，便命他坐下聊天。當時室內有家妓三人，都是絕代艷色。最前一人以金甌盛著櫻桃，再弄成果漿給他吃，一品叫那個穿著紅綃的捧到他跟前。崔生見到少女家妓，有點兒害羞，沒有吃。一品見到了便叫紅綃以匙餵他。崔生不得已才吃，弄得這三個少女大笑起來。

紅粉慧眼　種下相思

臨作別的時候，一品還再三囑咐崔生，要他常來探望自己。一品命紅綃送客，在要步出府第的時候，崔生不禁戀戀地回望紅綃。見她豎著三隻手指，又反掌三次，然後指指胸前小鏡說：「記著啦！」說完便回院子裡。

崔生回到家中向父親交待，卻意亂情迷地想著紅綃，沒有興致進食，悶悶不樂。終日只是吟著：「誤到篷山頂上遊，明璫玉女動星眸，朱扉半掩探月宮，應照瓊枝害艷愁。」他身旁的人都給崔生弄得胡塗了，這時，崔家崑崙奴磨勒便說：「你心中有甚麼疑難未能解決呢？何不說給我知？」崔生說：「唉！我心中難題，你們怎會明白？」崑崙奴說：「只要你說出來，無論有多少困難，我也可以替你解決的。」崔生見他說得認真，便將紅綃的事告訴他。

磨勒說：「這不過小事，又有甚麼難辦了？何不早說出來，自怨自艾呢？」崔生又將紅綃難解的隱語說出來。磨勒說：「怎麼這樣你也不懂？立三指者，因一品宅中有十院歌姬，她在第三院，返掌三次，即十五之意。指胸前小鏡，即說十五明月之夜叫你相會。」崔生聽後，喜不自勝地說：「那末你有辦法令我和她相見嗎？」磨勒笑著說：「後晚便是十五，請交兩疋青絹給我，讓我替你製緊身衣。一品宅中有猛犬守歌姬院，凶狠得像猛虎一樣，常人入門必被牠咬死，世上也只有我能除去牠們，今夜我便替你料理牠們吧！」崔生忙答謝磨勒。

驚人本領　成就心願

三更時分，磨勒帶著鍊子槌而去，還沒有一頓飯功夫，磨勒已回，說已殺猛犬，通行無阻了。到了十五晚上，磨勒和崔生穿了青衣，磨勒背著他，飛越十多重門戶，最後才到歌姬棲身地方，在第三院門前停下來。只見那裡並沒有關上門，微微燈光透出。卻聽到院中人歎息的聲音。還低吟著：「深洞鶯啼恨阮郎，偷來花下解珠璫，碧雲飄斷音書絕，空倚玉簫愁鳳凰。」崔生見紅綃正解下耳環，輕輕舒歎，眼中含著淚光。他見到侍衛已就寢，四鄰靜寂，便大著膽子掀簾而入。

紅綃突然見到他，呆了一呆，才急急走下床來，執著崔生的手說：「我知道你聰穎過人，必明白我的心意。但你有甚麼神術竟然可以來到這裡？」崔生於是說出全賴磨勒幫助。紅綃忙問磨勒現今何在，崔生即召磨勒入內。紅綃便取出金甌，拿出酒來給磨勒飲。

隱居崔府　終露行蹤

紅綃說：「我本是朔方富戶人家，但被鎮守地方將領逼為姬僕，不能以死了之，故此偷生至今日。雖然生活奢華，錦衣美食，居住地方金爐泛香，雲屏重重。但心中鬱結始終難解，就像囚牢一樣。既然你的僕人有這樣本領，何不請他助我脫此樊籠？若逃出此處，我甘為奴僕，一生侍奉左右，不知郎君意下如何？」崔生聽後，低頭沉吟默然不語。

磨勒卻說：「娘子既然這樣堅定，要我辦，也不太難。」紅綃聽後大喜。磨勒先將紅綃衣物妝奩背出屋外，如此往來三次後，磨勒說要背二人走了，因恐天明便難脫身。於是背著崔生和紅綃，再次飛越十多重院子而出。一品家中守衛甚嚴，竟無一人知曉。

紅綃到了崔家便躲藏起來。第二天一品家人發覺，又見猛犬為人殺死，便報知一品。一品不禁大驚失色說：「我家門禁森嚴，防衛周密，竟然有人可以無聲無息地帶走我的愛姬，必定是異人所為。這件事切勿張揚，否則反招禍端。」這樣，其他的人便作沒有事發生一樣。

高來高去　賣藥逍遙

紅綃便在崔家隱居兩年。第三年夏曆二月十二日，相傳為花朝日（百花生日）。紅綃忍不住駕馬車到曲江賞花，偶然被一品家人看到，默記她的歸路，然後稟明一品。一品聽到十分詫異，便命崔生前來相問。崔生不敢隱瞞，便和盤說出一切。一品大臣說：「這是紅綃的罪過，但崑崙奴這樣予取予攜，我實應除去此人。」便命甲士五十人圍著崔家院宅，要擒磨勒。

此時，但見磨勒只帶著匕首，宛若長了翅膀，如老鷹一樣從高牆間飛遁。甲士用弓矢射他，箭如雨下，但無一能傷到他。瞬眼之間已逃得無影無蹤，在場的人都看得口瞪目呆。一品大臣知道了，更加驚懼。每夜必派家人執戟侍衛，差不多一年才稍為鬆弛。

過了十年，崔家有人見到磨勒在洛陽橋旁賣藥，但容貌一點也沒有衰老，宛如當日一樣。

高人風範　令人神往

小說雖然虛構，但基礎上都反映當時社會。一品大臣暗指郭子儀，郭為一代名臣名將，一生福祿壽齊全。作者寫於唐代，說其家姬為人盜去，未免犯忌，故以一品大臣代而稱之，亦甚恰好。此故事反映豪貴勢大奢華，擁有眾多家妓歌姬，在現今社會難以想像。小說亦反映當時女子紅杏飄零，命運無奈而仍有追求愛情欲望。

〈崑崙奴〉主要寫法是透過崔生和紅綃的愛情，寫崑崙奴之標異義勇，乃旁知觀點寫法。磨勒一身本領，智勇技藝出眾，卻蟄居豪戶門下，甘為廝役，而又有成人之美高尚品格。他甘心為少主所愛而孤身犯險，反而沾禍上身。但既無悔於先，亦在所不計於後。最後自會其力在橋邊賣藥為生，一派出世高人風範，令人神往。後來武俠小說愛寫異人，棲身僕役，恐怕多受〈崑崙奴〉影響。

【詞語】請解釋下列詞語，並運用詞語造句。

交情甚篤　談吐風儀　風度翩翩　自怨自艾

樊籠　門禁森嚴　予取予攜　紅杏飄零

蟄居

【問題】

1 崑崙奴有甚麼本領？

2 一品大員何以不責崔生而追究崑崙奴？

3 本文怎樣描述崑崙奴的人格？

第十八章 聶隱娘深山學藝

裴鉶，唐懿宗時節度使高駢書記，其書多記神仙詼譎之事，著《傳奇》，書中有異人、鬼神及妖怪三種主題。唐短小說稱「傳奇」，受裴鉶此小說集而得名。其著述〈聶隱娘〉極為著名，日後作者寫俠客多在荒山練武，實受「聶隱娘」一文影響。

聶隱娘是魏博將軍聶鋒的女兒，才十歲的時候，有一老尼到家門求食，見到聶隱娘，十分喜愛她，便提出要收養她。聶鋒聽了大怒，不允許。老尼說：「即使你把她藏在鐵櫃中，我亦可以把她偷去。」當夜，果然失去隱娘的蹤跡。聶鋒令人大搜，不見蹤影，隱娘父母一點法也沒有，相對而哭。

老尼愛才　擄去幼女

五年之後，老尼把聶隱娘送回家，並告聶鋒：「我已把你女兒教導成材，現今你領回女兒吧！」。說完老尼去無影蹤。一家人見到這樣，既悲且喜。母問女兒學到甚麼。隱娘說：「最初學唸經咒，沒有教甚麼。」聶鋒不信，很認真地要求她說出真相。她說：「我即使說出真相，你們還是不會相信的。」聶父說：「但說無妨，看看怎樣。」隱娘說：「最初被老尼提著走，不知走了多久，到天明，到一處有大石地方。但見一奇大穴室，是無人居住的荒野，有很多猿猴，草木亦茂盛。早有兩個聰明婉麗的十歲少女在那裡，她們不用進食，能在峭壁上行走如飛，如履平地，從沒失手。」

荒山練武　殺人易如反掌

後來老尼給她吃了一顆藥丸，叫她手執二尺寶劍，跟隨先前兩少女攀登高處，但覺身輕如燕，矯捷如風，攀登全沒有困難。一年後，拿著劍刺殺猿猴，百無一失。及後追殺虎豹，能斬其首而歸。三年後能騰飛，即使刺殺空中鷹隼，無不中。後來用劍漸減五寸，即使去殺飛禽，飛禽亦不能躲避。到第四年，二女留守洞穴，老尼帶她到不名鬧市，指著市中一人，細說他的罪行，說：「替我取其性命。不要怕，便像刺殺飛鳥一般容易。」說罷，把只有三寸的羊角匕首給隱娘。隱娘即在白日下殺此人於鬧市，卻無人見到。隱娘把首給用布囊盛著，帶回住處，用藥水把人首化成一灘血水。

第五年，老尼又對隱娘說：「有個大官，傷害許多無辜的人，你入夜潛入他的臥室，取他的首給回來。」於是隱娘帶著匕首，毫無困難弄開門鎖，伏在樑上。到天始亮，才帶頭顱回去見老尼。老尼大怒說：「為甚麼這樣遲回來？」隱娘說：「我見他正和兒子嬉戲，不忍下手。」老尼叱罵她：「以後遇到同樣情況，先殺其所愛，再對付他。」隱娘即時答應了。老尼說：「我把你後腦打開，卻不會傷及你，可藏一匕首，以便要用時，隨時取出來。」隨後說：「你的技藝今已大功告成，可以回家團聚了。」於是送隱娘回家。臨別時又說：「二十年後，我們才會再見面。」聶鋒聽了隱娘的話，內心極為驚懼。後來每到夜間，隱娘都會無故失蹤，至天明才回來。聶鋒知道了，也不敢問一句，但因而對她愛心日淡。

神算高人　知敵前來

有一天，一個磨鏡少年上門工作，隱娘對父親說，這個人可以做她的丈夫。聶鋒不敢反對，便把女兒許配給這少年。這人只會磨鏡，全無其他本領，但聶鋒也給他上好衣食，安排他夫婦住在外院。

過了幾年，聶鋒過身，魏博大帥略知聶隱娘事跡，以重金聘為小官。這樣又過了幾年，魏帥和陳許節度使劉昌裔不和，叫隱娘奪取他的首給回來。原來劉昌裔亦會神算，知隱娘會對自己不利。對部下衙將說：「你且早到城北，等候一對男女夫婦，他們各乘一黑一白小驢前來。抵達城門時，適有雀鳥嘈吵，男的用彈弓射之，不中，則女子會奪取丈夫的彈弓，一彈把鳥兒射下來。你即上前行禮，說我正等恭候待他們。」衙將聽命而行，果然遇到隱娘夫婦，隱娘說：「僕射果然是神人，知我們到來，我們也想拜見劉公。」

劉昌裔接見兩人，盛宴慰勞。隱娘夫妻歉意地說：「我們此行對僕射不利，罪大之極。」劉昌裔卻說：「這樣說不對了，各為其主，人之常情。魏博和陳許都想打擊對方，也很正常。想請賢夫婦住在們這裡，作為我們的貴賓。請不要懷疑我的用心。」隱娘知道劉比魏帥高明豁達，於是說：「僕射如左右無能人，我們意追隨先生，全因佩服先生神明大度。」劉昌裔便問他們有甚麼要求，對方說每月給他們二百文錢已足，便依其所願。不久，發覺二人所騎的小驢不見了，劉昌裔命人找尋，絕無影蹤。後來劉下人無意中發現隱娘布囊內有兩張紙剪成驢形，一黑一白。令人猜想坐騎小驢是紙剪的。

殺手取命　隱娘應付

過了月餘，隱娘對劉昌裔說：「魏帥不知我在此住下來，必再找人對你不利。請剪下一些頭髮，用紅綃扎起來，由我送給魏帥，讓他知道我不回去了。」劉依其言。至四更，隱娘回來說：「已送出訊息，過兩天他會命精精兒來殺你，我會替你想辦法對付，請勿擔憂。」劉昌裔卻毫無懼色。

當夜室內點上明燭，半夜之時，果然見到一紅一白兩枝小旗桿，飄飄然在床邊四角互相纏鬥，過了良久，忽見一人從上面掉下來，已身首異處。聶隱娘則飄而下說：「精精兒已被我殺死了。」隨即把屍首拉拖出，以藥化之為一灘血水，連毛髮也不見。隱娘隨即說：「兩天後夜間妙手空空兒將繼至，空空兒神術甚精，鬼神莫測。能突然在空中出現，無影無形而至。我的功力還未到他的境界。是否能避此災，要看僕射的福氣了。不過，可先在頸上戴上闐玉做的頸環，以衣衾遮蓋著。我則化為蠛蠓，潛入僕射腸子中伺聽動靜，我也只有這樣事藏身。」

當夜到了三更，劉氏在床還未能入睡。忽然聽到頸上「鏗」的一聲，極為刺耳。隱娘則自口中躍出，向他恭喜說：「僕射再不用怕了，此人一擊不中，即翩然遠逝，未及一更，他已遠至千里。」再細察闐玉，果見有匕首劃有深痕深坑。劉昌裔從此更敬重聶隱娘。

道左相逢　後不知蹤

元和八年，劉昌裔入京見皇帝，隱娘不願隨行，說：「我想周遊名勝山水，探訪高人，你給我丈夫一個虛位便可以了。」劉應允她。從此，無人知道聶隱娘的行蹤。

後來劉昌裔逝世，隱娘騎驢到京師拜祭他，痛哭而去。昌裔子劉縱後任陵州刺史，往蜀棧道途中遇見隱娘，甚為高興，見隱娘樣貌如舊，沒有衰老，還是騎著白驢。隱娘對他說：「蜀地不適合你，會有災難。」並取出一粒藥叫劉縱服下說：「明年你要辭官回洛陽，才可免難，藥丸之效只有一年。」劉縱對她的話不大相信，但贈她美錦，不受。後一年，劉縱沒有辭官，果然在陵州病死，此後，再有人提及聶隱娘了。

【詞語】請解釋下列詞語，並運用詞語造句。

如履平地　匕首　叱罵　磨鏡

過身　神算　高明豁達　坦然

鬼神莫測　闐玉

【問題】

1 何以老尼要擄去聶隱娘？

2 老尼怎樣一步一步教聶隱娘武藝？

3 你對聶隱娘的行為個性有甚麼評價？

第十九章 艷狐嬌娜

這個故事出自《聊齋誌異》，作者清朝人蒲松齡做過小官，但失意科場。蒲松齡撰寫短篇小說成就極高。其寫作手法，直追唐代傳奇。以小說質素之高，數量之多，以一人之力撰作，可謂無出其右。《聊齋誌異》情節迴環多轉，常出人意表。是最重視寫作技巧的小說。

孔雪笠是個讀書人，風流文雅，飽讀詩書。一次，朋友做了縣官，寫信叫他前來幫忙，怎料抵達後他的縣官朋友卻病死了。一人流落，只得寄住普陀寺，替寺僧抄錄文書。聊以過活。

寺旁孤宅　別有雅勝

距離寺西百餘步，有間古老大宅，看來荒蕪無人居住。一日孔雪笠偶過其門，恰遇上一個儀表出眾，談吐溫文的少年出來。兩人交談了幾句，少年人便邀他入宅內。原來大屋外表雖然殘破，但內裡陳設卻極為古雅。相談之下，少年公子極為好學，要拜孔雪笠為老師。孔雪笠連忙推辭，只允以朋友身分，互相研究學問。兩人愈說愈投契，公子要留他過夜，孔雪笠推辭間，僕人走來稟報，說老爺來了。那少年公子聽了，有點驚惶，已見一個白髮白鬚的老人進來，精神甚為飽滿，他笑著對孔雪笠說：「這孩子極頑皮，得先生應允教導，是他的福氣。」說完，命僕人再取出佳肴美酒，三人飲作一團。不久，老人微醉，對孔雪笠再三致謝，才獨自離去。

隨後，那公子對僕人說：「看看老爺是否睡著了，如果睡了，靜靜的叫香奴來。」不久，一個俏麗的婢女抱著琵琶入來。公子叫她彈奏，這名艷婢果然奏出一些極動聽的音樂。這樣兩人飲酒聽歌，到了三更半夜才散。第二天，孔雪笠便教公子讀書。這位孤宅公子，秉性聰明，讀三五回便可以背誦出來了。這樣過了兩三個月，公子已可以寫出像樣的文章。在這段時間中，每隔五天必有一次飲宴，每次飲宴必叫香奴來彈琵琶。

一夜，孔雪笠飲了幾杯酒後，怔怔的望著香奴。公子知道他的意思，便說：「你既無妻室，我且替你尋一佳偶。」孔雪笠連忙說：「那個女子最好要像香奴的！」公子笑笑說：「你真是少見多怪了，如果你說香奴好，這個人包你一定滿意。」

這樣又過了半年。孔雪笠的胸口忽然腫脹起來，一夜之間，發大如碗子般。公子和他的老父都去探望他，見了也寢食不安。過了幾天，孔雪笠病得不能飲食。公子說：「你的病，看來只有我家妹子嬌娜才能醫治，我已叫人到外祖母處找她，為甚麼她還不來呢？」正憂慮間，僕人說嬌娜已到。

絕色麗人　割肉療瘡

原來嬌娜只有十六七歲，體態輕盈，容貌秀美。尤其是剪水雙瞳，特別靈活流麗，卻掩不住見到陌生男子的嬌羞。孔雪笠見了，頓時忘記痛楚，精神為之一振。公子對他的妹妹說：「孔先生是哥哥的極好朋友，你便當哥哥病了一般醫治便可了！」嬌娜聽了，立即收起嬌態，將臂上金鐲取下，慢慢放在傷口上，再取出一把薄如紙般的利刃來，輕輕割下。但見紫血四流，弄到滿床血污。當孔雪笠被嬌娜治理的時候，嗅到嬌娜身上散發出來的女兒香，便已神魂顛倒。在割肉的時候，不但不覺得痛苦，是望割得久愈好。最後，終於將腐肉全部割除。嬌娜又從口中吐出一顆丸，放在傷口上塗了三次。孔雪笠只感到胸口清涼，像沒有生過病一樣。孔雪笠在迷迷惘惘中，原來嬌娜早已走了。

這時，公子說：「我已為你找到個好伴侶了。」孔雪笠呆呆出神，說：「不用找了。」公子明白他的意思。便說：「我這個妹子年紀太小，但姨女松娘，倒適合你，她長得和我妹子十分相似，改天你可以在花園窺望，再說不遲。」孔雪笠表示無可無不可。第二天，他遠遠見到一名女子和嬌娜在花園遊玩，體態容貌也真和嬌娜差不多：大為歡喜，於是請公子為媒，娶了松娘。婚後生活也極愉快。

一夜，公子忽然相謝孔雪笠教導之恩，說要搬家他往。孔雪笠說願追隨他們，但公子堅持孔雪笠要還鄉見父母。孔雪笠說路途險阻，一時恐難成事。誰知老人家也出來，取出百兩黃金相贈。公子叫他們夫婦閉上眼睛，以左右手分持二人，叮囑切勿張眼。一會兒，孔雪笠但覺騰雲升空，耳邊風聲呼呼，過了好一會，才到公子說：「可以張了！」孔雪笠定睛一看，原來早到家門，這時他才知道公子決非凡人。家門打開，孔母見兒子回來，又娶了個美女，極之高興。孔雪笠正要介紹公子與母認識，原來公子早已走了。

救狐家命　義不容辭

婚後，松娘克盡婦道，鄰里稱讚，且為孔雪笠誕下一子。後孔雪笠中進士，派到外地做官。一日郊遊，竟遇著公子，二人悲喜交集。公子邀孔雪笠回家，見朱門大戶，看來極有家勢。問起嬌娜，原來早已嫁人。不久嬌娜和丈夫得到消息也來了，談起往事，甚為痛快。突然公子鄭重地說：「老天爺將要向我們降禍，你願不願相救？」孔雪笠義不容辭，立即答應。公子便叫齊一家大小數十人，到面前叩拜，孔雪笠大驚。公子說：「我們都不是人，全是狐狸。你肯替我們消災，我們全家才有望。如果你不願，我也不勉強你，你獨自走便算了。」

孔雪笠當然不肯獨走，於是公子教他：一會要手握利劍，大喝：「雷神勿轟！」便可，果然不久烏雲四合，狂風大作，連老樹也拔起，伸手不見五指，屋門也給狂風吹塌了。突然黑暗中竄出一隻鬼物，伸手抓去一人，那人恍惚便是嬌娜。孔雪笠不顧一切，一躍而起，一劍向鬼物劈去。鬼物放下嬌娜逃去。突然霹一聲巨響，山嶽震動，孔雪笠竟被雷電打死。

當黑雲散去，回復光明，嬌娜醒來，見孔雪笠死了，悲慟非常。後來老人、公子和松娘也來了。眾人合力用金簪把孔雪笠的嘴巴弄開，嬌娜用紅丸吐入口內，搓揉他的胸口。孔雪笠慢慢甦醒，見眾人在身前，恍如一夢。但嬌娜丈夫終究被雷死，返魂無術。最後孔雪笠帶著他們一家狐怪回家鄉，安頓他們在後院居住。夫婦二人常與嬌娜下棋飲酒，吟詩賞月，清閒度日。而孔雪笠的兒子長大了，俊秀非凡，但總有點狐兒的舉止秉性，附近的人都不以為怪，只是叫他做狐兒罷了。

聊齋手法　直逼傳奇

這篇故事明寫孔雪笠，借孔雪笠引出嬌娜。並用婢女香奴之標異，拱托嬌娜之絕色，明慧可人，均欲親之近之。又以廣廈、公子、老父世家大族風範襯托出嬌娜的身價不凡。全篇情節不落俗套，不讓孔嬌二人結合，而再來一次狐家有難，孔雪笠捨身相救，而又再被嬌娜所救。二人生生死死，再三纏結。最後與狐家共聚，優游歲月，使全文添上神異雋永色彩。

《聊齋》書中所述故事主角多是狐狸精、鬼怪、花妖等超現實生命，化成人形，與人類打交道。時現時隱，實則影射反映人世間人情世故，人間性格各異之言行。惜全篇由文言寫成，今日青年學子細讀，恐怕要多花功夫了。

【詞語】請解釋下列詞語，並運用詞語造句。

佳肴美酒	秉性聰明	寢食不安	剪水雙瞳
神魂顛倒	迷迷惘惘	叮囑	克盡婦道
朱門大戶	鄭重	義不容辭	

【問題】

1 本文者用甚麼寫法形容嬌娜的美艷？

2 狐家公子在故事中起了甚麼作用？

3 作者何以寫孔雪笠而復生？

第二十章 唐代照妖鏡

本篇出自王度著《異聞集》。內容描述古鏡極有靈性，神物靈異，能發光發聲，降魔伏妖，生動有趣。前段鸚鵡化婢伏鏡，淒惋動人，初見神鏡霸力。及後借予王勣攜鏡遊歷，屢顯古鏡神威，曲折多姿。及後鏡精竟然向鏡主道別，恍如凡人個性。

王度是隋朝人，隋朝大業年間任御史，到唐朝時奉詔修國史。他家裡有一面古鏡。是師友侯生臨終時送給他的。

神鏡清越　光華自生

那面古鏡直徑八寸鏡，中央刻有麒麟蹲伏的圖紋，四方則是龜龍鳳虎，依方位排列。再外還有八卦，更外是十二時辰及十二生肖，之外又有二十四字，表二十四氣節。鏡的周圍有文字，似隸書而非隸書。舉鏡照日時，鏡背圖像顯現得十分清晰。輕輕敲打，古鏡便發出清越的聲音，良久不絕。侯生當日說軒轅黃帝共鑄了十五面鏡，最大的直徑一尺五寸，隨後每鏡徑小一寸，所以這面鏡應是第八面鏡了。

大業七年，王度到長安，宿於長樂坡主人家。王度安頓之後，整理衣冠，拿出古鏡來照照。誰知家主新來的婢女鸚鵡見了，不斷向古鏡叩頭，額血沾地。王度便問主人鸚鵡的身世。主人也不知她的來歷，只說鸚鵡原是某客人兩月前過訪，離去時留下的，現今仍未接回，便寄住在這裡。王度疑她是精魅，便舉鏡逼她說出真相。

婢女哀命　淒惋動人

這婢女要求先把鏡收起，再吐露身世。她說：「我本是華山廟前長松下千歲狐狸，為山神追捕，便逃到河渭，被陳氏收養，待我不錯。後來嫁給鄉人柴華，但相處不歡，再逃到韓城，被李無傲捉著。他帶我到這裡，把我留下。想不到遇到天鏡，使我再不能化為人形。」

王度見鸚鵡長相端麗，楚楚可憐，絕不似害人的狐狸，便說：「你本老狐，化成人形，總是想害人吧？」鸚鵡說：「變成人形，並不一定想害人的，唉！但神物總不喜歡我幻化人形，看來只有死路一條了！」王度見她可憐，便說可以放過她。誰料這個小婢說：「多謝先生厚愛，但我慣常以人身出現，現在要回復狐狸的樣子，羞也羞死了。只望你把天鏡收起一會，許我再醉一杯才死吧！」

王度與主人略為猶豫，鸚鵡說：「你們放心吧，若鏡藏我逃，豈不辜負恩公美意？況且天鏡一出，是我逃也逃不了。但求一席之醉，盡我為人一生之歡吧！」主人便設宴酒席，廣邀家人鄰里宴飲。將席散時，鸚鵡已顯得大醉。她整理一下衣襟，走出來且歌且舞，歌詞說：「寶鏡寶鏡，哀哉予命，自我離形，於我幾姓？生雖可樂，死必不傷。何為眷戀，守此一方？」唱完後向二人再拜，化為一隻老狐狸死了！眾人見此，只有歎氣歎息。

神物相剋　日月為尊

大業八年四月，日蝕。王席取出古鏡，見鏡無光采。一會太陽重現，鏡又精朗如常。此後，王度留意到凡有日蝕，鏡必失光采。一年王度朋友薛俠帶了一柄古劍來訪。劍身古樸，左有紋如火燄，右有紋如水波，亦有光采流動。薛俠說凡每月十五之夜，將它放在暗室，自有光芒發出，照耀數丈。

到十五，王度與薛俠同處一室，一人取劍，一人取出鏡來，一會兒但見鏡面吐光，照明滿室。而古劍在旁，一些光采也沒有。薛俠大驚，請王度把鏡藏回匣內，隨之便見劍吐光芒，但亦只照一二尺。薛俠說：「想不到天地間神物，亦會相剋相伏。」此後每月明麗之夜，把古鏡放在暗室一定發光。但月影照入，則光芒自斂，屢試不爽。王度知道，鏡光不敵日月之光。

唐朝開國後，王度奉詔撰國史，時家中有一老僕，本是蘇綽家僕，對王度說古鏡原是蘇綽所有。蘇綽臨終時占得古鏡會失落，且落在王家，再後王家亦將失鏡，則不知所終了。一年，有一胡僧向王度家行乞，並乞見古鏡，王度弟王勣問他何以知道他們有古鏡。胡僧說：「貧道得秘術，認得寶氣，見你家有碧光沖天，已有兩年。知有寶鏡，特求一開眼界。」王勣便捧出鏡來給他觀看，胡僧極是高興，說：「這寶鏡有幾種靈相，若在鏡面塗上金膏、珍珠粉，則可反照日光，照透牆壁，若再作法，可見人體內臟腑。可惜現在沒有施法的藥粉，以金煙薰之，玉水洗之，藏在泥裡，也能明亮可見。」隨之說了金煙玉水之法，果然一如所說。

鏡精紫珍　能驅瘟疫

那年秋天，王度出任芮城令。公署前有一棵大棗樹，有幾百年樹齡。每個大官到任，必定拜樹祈福，縣吏亦請王度依例拜樹。王度懷疑是妖精作怪，不能由它坐大聲勢，於是一方面拜祭老樹，一面命人將古鏡掛在樹上。那夜二更，忽然雷霆大作，電光閃閃，樹前巨響頻頻。天明，見一巨蛇，紫鱗赤尾，綠頭白角，死在樹上。王度叫人將蛇焚去、掘樹、見樹下有一大穴，有巨蛇盤著痕跡，便命人用土填平，再沒有聽到妖怪作祟的怪事。到了冬天，那裡一帶大饑荒。王度叫人開倉賑民，瘟疫又流行。王度部下張龍駒全家染病，十分可憐。王度便叫龍駒持鏡夜照，患病的人都痊癒。他們說：「張龍駒拿著一個像月亮的東西入來，被它的光射著，渾身冰冷，凍徹入骨，但不久回熱，一夜便復元。」王度見鏡照有效，便命張龍駒持鏡照百姓。當夜，將鏡收入匣內後，聽得鏡自內發聲，聲冷寂而長，許久才停止。

第二天，張龍駒入來對他說：「昨夜我夢見一人，龍頭蛇身，穿了朱冠紫服，對我說他是鏡精，名叫紫珍。因王家對他有恩，故此寄託王家，為王家出力。但如今百姓有罪，天意懲罰。卻使我救他們，違反天意，況且百姓病了兩個月，自然會好，何必煩擾我呢？」王度相信鏡精托夢，果然兩個月後，患病的人都復元。

怪妖盤纏 遇鏡而死

大業十年，王勣要遠訪求道，與王度話別。王度勸阻無效，順從弟意把古鏡借給他防身。三年後王勣回到長安，將古鏡還主，不住稱讚它是神物。王勣說他最初遊嵩山少室山，日暮有一巖穴休息。一個胡人，甚瘦，叫山公。一個臉闊，黑而矮，叫毛生，問王勣是誰。後來攀談熟了，說出些見解怪異的話。王勣疑他們是妖怪，暗中把古鏡拿出，兩人失聲俯伏在地上，矮人化成龜，胡人化成猴。古鏡射著他們到天明，二物都死了，見龜生滿綠毛，猴生長滿白毛。

後來入箕山，渡穎水，見到一個井，井旁有一大池，鄉人說每年必要祭池八次，少一次池中便會噴出黑水，變成黑雲化作冰雹侵擾農田。王勣用鏡照池，只見池水沸湧，巨聲大作，池水湧出，湧到池乾見底，見到一條十多尺的大魚，手臂般粗，紅頭白額，身有青黃間，蛇形龍角，在泥濘滾動。王勣猜牠是蛟，失去水而不能作怪，把牠煮了來吃，味道鮮美，且吃了幾天。

匣中悲鳴　所去無蹤

後來到汴梁，一主人家有女患病，痛得大叫，聞者不忍。白天不會發病，只有晚間才這樣，患病一年有多。王勣用鏡照這女子，那女子突然說：「戴冠郎死了。」一見她床下有隻大雄雞，已經死了，是主人養了七八年的老雞。

一次遊江南，渡揚子江。忽然波濤洶湧，風浪大作，眼看要覆船了。王勣拿著古鏡照向江中，不久，風雪收斂，船隻周圍五十步內，波平如鏡。渡岸後回視，立見波濤又湧，高達十數丈。平日攜鏡登山尋幽，遇有巨熊，群鳥擋路，一舉古鏡，則四散奔逃。王勣終訪得異人傳授周髀數學及明堂六甲之術。

回程的時候，探訪故友趙丹。趙丹三女為妖所惑，王勣舉鏡照妖，妖邪立斃。原來一是鼠狼精，一是老鼠精，一是壁虎精。後來鏡精入夢，勸王勣早日回家。大業十五年，鏡自匣中突然悲鳴，先輕後重，最後如龍吟虎嘯。王度忍不住將鏡匣打開，已失古鏡縱影。

本篇出自王度著《異聞集》。內容描述古鏡神物靈異，惹人遐思，寫古鏡發聲，古鏡與日月輝映，靈異有趣，恍如凡人個性。前段鸚鵡伏鏡，淒惋動人，可見神鏡霸力。及後借王勣遊歷，屢寫古鏡神威，曲折多姿。全篇以物為主，充滿志怪色彩，有人認為此篇是志怪過度傳奇的代表作品。

按：明堂六甲之術，是中國玄學，包括風水堪輿之學。

【詞語】請解釋下列詞語，並運用詞語造句。

神鏡清越	清越	精魅	長相端麗
楚楚可憐	幻化人形	厚愛	一席之醉
眷戀	相剋相伏	屢試不爽	胡僧
周髀數學	明堂六甲		

【問題】

1 本文所述古鏡，有甚麼威力？

2 古鏡靈物，怎樣描述其具有人性？

3 本文寫古鏡靈異，作者用甚麼筆法寫得令人信受？

第二十一章　袁女多情

傳奇起自玄怪故事，所以後來的愛情故事，也加入玄怪成分。本篇採自裴鉶著的《傳奇》，寫袁女多情，有情有義，全無壞人，卻也悲淒無奈。小說的結構，迴環曲節，收放起伏，扣人心弦。

唐代宗時，有一個名叫孫恪的秀才，考試落第了，也並不急於回鄉，便在洛陽遊玩，以長見聞。有一天，他到魏王池欣賞景色，發覺池旁新築了一幢大宅，十分宏偉。禁不住問是誰人的宅第。途人告訴他，那是袁氏新築的大宅。孫恪便去扣門，想拜訪他們。誰料宅中沒有人應門，孫恪難免有點失望。

落第洛中遊　喜得美嬌娥

孫恪正要回去的時候，忽然瞥見宅側有一小屋與之相連，簾帷光潔，自有一番雅勝，便忍不住掀簾入內看個究竟。過了一會，忽見小門有人開動，孫恪便避在一旁。但見一個十分清麗少女走出來，這少女的容貌像給一團光暈籠罩著，有如月滿光華，明艷動人。只見她停佇中庭，摘摘庭中閒花野草。又隨而漫步，忽然呆立庭中，脫俗凝思，竟吟起詩來。聲音如明珠落玉盤，清脆可聞。說：「彼見是忘憂，此看同腐草，青山與白雲，方展我懷抱。」吟詠之後，臉上現出失落之色。

孫恪正疑幻疑驚之際，卻被少女發覺。那少女一陣驚羞，急急逃入屋內。孫恪正徬徨之際，一個青衣小婢走出來，向孫恪說：「你是甚麼人？為甚麼在這裡徘徊不去呢？」孫恪說：「我剛應考完畢，想在京中盤桓數日，正想找地方作居停之所，見這裡屋子壯麗，便信步來到這裡了。」小婢聽了，默不作聲。孫恪想到剛才少女可能是此間主人的女兒，便說：「剛才不意冒犯了小姐，把她嚇著了，感到十分過意不去，請代我轉達我的歉意吧！」

小婢聽到這一番話，見他說話得體，便叫他稍留一會，轉告小姐。那少女聽了小婢的一番話，說：「既然不期而遇，剛才儀容也未有修飾，真失禮人了。人家這樣有禮，我怎能再避而不見呢？你便請公子在廳裡等我，待我打扮一下，再出去回禮。」小婢出到外面，向孫恪言明。

孫恪欣慕少女的儀容美貌，知道少女再次出來，心如鹿撞，禁不住打聽少女的身世。

小婢說：「小姐是袁長官的女兒，自幼孤苦，又無親戚、只餘三五個女眷在這屋子居住，而她又未許配人家，實在零落孤單。」說著，那少女已盈盈出來。經過一番打扮後，比剛才所見，更感艷麗無匹，而儀態雅勝，似不食人間煙火。

那少女談吐溫文，語音宛轉清脆，說：「公子既然暫無住處，便在這裡住下好了，反正這裡房子空著的多呢！」談了一會，便說要入內，臨行前向孫恪說，有需要儘管找小婢便可。少女去後，孫恪有點失魂落魄，暗自尋思，既然少女並未許人，自己又未有妻室，何不遣人說媒，求成夫婦，豈非天大美事？。

於是不顧一切，真的立即請人說媒，誰知那少女對之早具青眼，欣然許諾，二人不久結成夫婦。

婚後富貴　要斬妖除魔

孫恪和袁氏婚後，便住在巨宅。原來袁氏非常富有，對孫恪也極為慷慨，兩人恩愛非常。孫恪原本貧窮，一旦富足，衣履車馬，煥然一新，與朋友交也出手闊綽。許多親友都感到奇怪，便問孫恪原因，孫恪並沒有把真相告訴他們，隨便推搪便算。自此之後，孫恪更不求功名，整日縱酒狂歌，夜宴豪門，就是這樣在洛陽住了三四年。

一天，表兄張閒雲來探望他，孫恪和他最投契，見他遠道而來，便留他住宿，那夜更聯床夜話，共訴別來之遇。兩人談了一會，張閒雲正色道：「說來你還不知道，這幾年我跟有道之士練道術。依我所學，覺得你臉帶妖氣，不知你遇到甚麼怪事沒有？你千萬不能隱瞞，否則禍害一來，誰也不能救你。」

孫恪搖頭道：「這幾年沒有甚麼，不過運氣好，賺取一些金錢罷了！」張閒雲卻說：「一個凡人有的是陽精，妖魅有的是陰氣，所以鬼怪都是沒有形而全陰，仙人則是沒有影而全陽。而人的魂魄被妖魅侵佔，在氣色中自自然然表露出來。依我看你的氣色，陰侵陽位，真精已損，容顏已失色，骨將化為腐土，必為妖怪所乘，為甚麼你這樣頑固，不肯向我吐露真相呢？」

孫恪聽了，大吃一驚，只得把娶袁氏的事和盤托出。張閒雲聽了，連說：「是了！是了！」並說：「試想一個大官員親眷，何以沒有其他親人？兼且夫人明慧懂事，本領又大，不是妖怪是甚麼？你一定要想辦法把它殺了！」孫恪聽了沉吟不語，終於說：「我一生窮困，得蒙這女子賞識幫助，我又怎能忍心負義去傷害她？」

張閒雲見他這樣說，勃然大怒，斥責他的表弟說：「妖怪要害人，人怎能不自救？大丈夫未能事人，焉能事鬼？你自身重要，還是鬼怪重要？就是一個小童也知道，不能顧全鬼怪的恩義而不自救，何況你是一個明理的讀書人？」孫恪聽後，只有問表兄應怎樣。張閒雲說他有一柄治妖寶劍，鬼怪遇上，必定滅絕，而且屢試不爽，明天便借給他去整治袁氏。

啞然失笑　化戾為祥

第二天，張閒雲特意去拿寶劍來，交給孫恪，執著他的手說：「你要出其不意的把劍刃抽出來，她便無法反抗了。」孫恪拿著寶劍，到袁氏房中，但始終不忍，臉有難色。不久，袁氏發覺了，便大罵孫恪忘恩負義，豬狗不如，孫恪也感到十分羞愧，便跪在地上，向妻子說表兄意只為他好，才教他這樣做。袁氏聽了，不怒反笑，說：「張生這小子，不教你大義之道，卻教你行險僥倖，想來你也不是存心害我。其實我們相處幾年，你為甚麼還怕我害你呢？」說著，把寶劍取出來，隨手把寶劍一寸寸折斷，就像折斷蓮藕一樣，把孫恪嚇呆了。

過了幾天，張閒雲過來向孫恪取回寶劍，孫恪只得把實情說出。張閒雲伸伸舌頭說：「想不到她這樣厲害。」說完急急走了，不知所蹤。

孫恪夫婦倆這樣生活了十多年，生了兩個孩子。袁氏持家甚嚴，生活融洽，但不愛與人交往。後來孫恪得舊友推薦為經略判官，一家人便遷往南康。

相逢緣恨淺　袂別情更深

在旅途中每經高山樹林，袁氏都愛流連一番，但又不見得特別愉快欣賞。到了端州，袁氏對丈夫說：「距離這裡五里，河邊山上有一間峽山寺，寺中有個老僧惠幽，是舊相識，他是個有道之人，你去拜會他，對你到南康做官，一定有好處。」孫恪聽從妻子意見，備了齋菜到寺，袁氏更打扮整齊帶同二子上山。

孫恪發覺妻子對路途十分熟悉，有點奇怪。見到老僧，袁氏將手中碧玉戒指獻上，說是寺中之物，要交還給他。但老僧說自己也不記得了，隨手收下。後來他們一起吃齋菜，剛吃完，忽見有數十隻野猿，臂連臂的從松樹中跳下來吃東西。怪怪地悲啼一會攀藤而去，一忽兒便無影無蹤。

袁氏見了，戚然動容，臉露哀傷，叫僧人取出筆墨，在壁上題了一首詩：

剛被恩情役此心，無端變化幾湮沉，
不如逐伴歸山去，長嘯一聲煙霧深。

寫完詩後隨手把筆擲到地上，撫摸著兩個兒子的頭痛哭起來。回首對孫恪說：「你要好自珍重，記著我們的恩情，我們就此永別了！」孫恪正茫然不知所措的時候，只見妻了的衣衫裂開，變成一隻猿猴，向著剛才叫嘯的猴群追去。將抵深山，快要消失的時候，卻又走回兩步，向孫恪凝視一番才戀戀不捨低頭離去，一瞬功夫，即消失在密林中。

回首戀戀望　恩情永記心

孫恪見到這樣的景像，嚇得魂飛魄散。過了好一會，擁著兩個兒子痛哭起來。在旁的老僧這時說：「我記得了，這是我做小沙彌時養的野猿，十分通靈，討人歡喜。一次一胡人經過，送了她這碧玉環，我便懸在她頸上。不久，高力士要了牠，送入皇宮。聽說安史之亂逃去無蹤，想不到今日會遇到她呢！」說罷，搖頭欷歔歎息不已。

孫恪更是惆悵難堪，停舟在江邊八九日不去，想起妻子，也沒有興趣做官了，便攜著兩個兒子，隱居鄉野，終身不娶，抱憾而歿。

本篇寫袁女多情，嚴守婦道，有情有義，卻悲淒無奈。小說的結構，曲折起伏，扣人心弦。最後猿身突現，飄然遠去，猶回首戀戀不捨愛侶。眸光瑩瑩，珠淚盈眶，其情深義重，勝盡千言萬語。使人在驚疑錯愕之中，哀傷寞寞，淚痕沾衣。

這篇短短的愛情故事，無論人物性格的描述，寫作上的技巧，均臻至高境界。先是孫恪和袁女的多情傾慕，互相欣賞，好事一拍即合，暢快人心。然而他們的愛情終於受到考驗，張生指出袁女乃精怪所變，要孫恪殺之自救，又合情合理。孫恪的猶豫，張生的當頭捧喝，最後袁女的洞悉奸計，恍至眼前。然袁氏顯出法力而一笑置之，化戾為祥，讀者均為書中人慶幸。

全篇中孫恪、袁女、張閒雲、老僧，個個光明磊落，都是正面人物，均具高逸可愛個性。全篇中沒有一個壞人，而能逼出一篇悲淒雋永的愛情故事，觸動人心，令人傷感迷醉，可見作者是一個怎樣的小說高手。

【詞語】請解釋下列詞語，並運用詞語造句。

扣門　明艷動人　疑幻疑驚　不期而遇

心如鹿撞　談吐溫文　早具青眼　和盤托出

沉吟不語　持家甚嚴　戚然動容　魂飛魄散

惆悵　珠淚滿眶

【問題】

1 本文作者怎樣形容女主人翁去吸引孫恪？

2 本文無一邪惡人物，但何以造成悲劇？

3 試述袁女對丈夫的情與義。

第二十二章　霍小玉棄別紫釵

此篇寫霍小玉情深難寄，命運淒婉動人，惹得歷來不少女子共鳴。而愛情小說出現豪俠相助，比較少見，固屬唐風，但確令讀者有暢快之感。明湯顯祖據此寫成名作《紫釵記》，至今仍膾炙人口。即使香港演出粵劇，亦每每大收旺場。

唐朝大曆中，隴西才子李益，只不過二十歲，便考取了進士。第二年到長安，聽候遣派任官。李益生於名門望族，極負才華，長輩讀得他的文章，往往讚歎之餘，也推薦給別人。李益也風流自賞，自命不凡。

少年得志　急尋佳偶

一天，長安有位極有名氣的媒人的婆鮑十一娘來找李益，李益急忙出來相見。原來李益早托鮑十一娘替他物識美女為妻，而多不稱意。這回鮑十一娘說：「你這個書獃子近日有沒有造過好夢呢？近日有個天仙女子，貶落凡間，找人匹配，正好和你一對呢！」李益忙問究竟。鮑十一娘說：「她便是剛死去霍王的女兒。因為她的生母身分原是霍王侍婢，雖然得寵，但地位不高，霍王死後家人分了點錢財給她，改了姓鄭，隱在民間。旁人都不知道呢！她的女兒小玉，知書識禮，天姿過人。昨日說要許配人家，她早聽過你的文才，想來你二人也登對極了。」李益聽了十分高興，知道明日午時拜會佳人，便向表兄借了青驪駒，黃金馬勒，隨之沐浴更衣，修飾儀容，喜孜孜夜不成眠，等待明天的來臨。

第二天，李益對著鏡子許久，再三打扮，才命人駕車直抵業勝坊相約之處。來到里口，見一小婢前來相問，即帶他入屋內，隨即急急將門下鎖。鮑十一娘從屋內衝出來，調笑著說：「看啊！這個登徒子竟然跑到這裡來了！」過了中門，見庭中種有四株櫻桃。西北向懸著一隻鸚鵡，見到生臉人，便說：「有人入來！有人入來！急下簾！急下簾！」李益被牠嚇了一跳，猶豫間不敢入內。還是鮑十一娘熱心，拉著他與女主人見臉。

女主人霍王寵婢叫淨持，年約四十歲，這婦人綽約多姿，談笑甚媚，說：「素聞十郎才調風流，儀容俊雅。今日一見，果然名不虛傳。」李益隨著說了一些客套的話。淨持又說：「我有一女，雖然不懂教導，但長得頗不醜陋，配上俊雅公子，倒也登對。前些兒鮑十一娘不斷說你盛意，便教她服侍公子吧！」李益謙謝說：「我只不過是個粗陋之人，得蒙青眼，賜我佳偶，生死為榮。」於是擺出酒席，霍小玉自東閣出來，與李益相見。

得近芳華　生死為榮

霍小玉一到堂前，但感光采照人，滿室生輝。與李益二人，如瓊林玉樹，互相輝映，真如一對絕無瑕疵的璧玉。霍小玉靜靜坐在母親身旁。霍母說：「你常常愛唸的『開簾風動竹，疑是故人來』的詩句，便是你眼前十郎所作。今日你見了人家，如何一聲不響？」小玉低著頭，輕聲的說：「見到臉，也不過這樣罷了，才子應有過人之貌啊！」李益聽了，連忙站起來，作個揖說：「小娘子愛才，正如我鄙俗的人愛姿色一樣，我們兩人正好各備其一，合起來便才貌雙備了！」母女二人聽得他說得動聽，大笑起來。飲了幾回酒後，李益請小玉唱歌，小玉最初推辭，但拗不過母親，終於唱了。原來歌聲宛轉，曲度精奇，真有繞樑三日之歎。

飯後，他們帶李益到西苑憩息。只見樓宇重深，幔幕華麗。一會兒，霍小玉也來到，兩人倒像相見恨晚，說不盡纏綿恩愛，歡情無限。正當此際，霍小玉忽然流下淚來，說：「十郎，我知道自己出身地位不好，難與你登對，今天你愛我貌美，恩情無限，但一朝人老色衰，便如秋扇般見棄，再不理會我。想到這裡，便不禁悲從中來。」李益聽了，亦歎世事難料，便以臂當枕，彎著小玉的頭，徐徐地說：「我平生志願，便是欲得一紅顏知己。今天既然得到，即使粉身碎骨，也不肯捨棄，夫人你何出此言？好吧，你取素縑出來，我便立即立下盟約。」小玉聽了，十分感動，便命人取來筆墨。李益素有文才，立即寫下精警誓語，句句懇切，指天誓日，聞之感人。之後，便把素縑藏在寶篋內。二人更無盡恩愛。如是日日夜夜相伴相隨，過了兩年神仙般快樂生活。

個郎面前　獨吐心曲

又過了春天，李益被派到鄭縣做主簿，負責文牘工作，到四月便要赴任。李益先回洛陽老家拜會父母，許多親友都設宴款待二人。當時春風仍在，夏景初麗，酒闌人散之後，便挑起二人離情愁緒。霍小玉說：「以你今日名聲地位，許多人一定向你攀親，況且你父母都說你未有正妻，必定替你聘娶別人。昔日你我盟約，只不過虛言廢語。到而今我只有小小願望，希望你能記著，不知你願不願聽？」李益聽了有點惶恐，忙說：「太罪過了。你竟然這樣說，究竟為甚麼？」小玉說：「我今年只有十八歲，而你二十二歲，希望你和我再能恩愛八年，到三十歲才娶正室。我一生只期望再有八年歡愛時日。過後我便削髮為尼，不問世事，隨你怎樣都好。」李益聽後，既愧且驚，不覺涕淚，說：「我們早有盟約，怎會弄到這樣呢？到了八月，我會在華州，到時差人奉迎你便是。」

數日後，李益別了小玉赴任，約過了十天，又回老家。原來太夫人已為他迎娶表妹盧氏。太夫人素有威嚴，李益噤若寒蟬，不敢反對。盧家是望族，聘禮過百萬錢財，李益負擔不起，只有到江淮間向親友張羅。不經不覺過了一年，李益知道負了小玉盟約，反而把心一狠，想不了了之，令小玉不再寄望，即遍託親友不要洩露他的行蹤。

霍小玉自李益去後，不久音訊全無。打聽他的消息天天不同，極不確實，求神問卜，也沒有李益下落。後來不得不賄賂李益親友打聽，日中花費不少，愈見窮困。不久且病起來，所以常常叫侍婢將家中古玩珍寶到西市候景先古玩鋪變賣，以資度日。

有愧於心　避而不見

一次，令侍女浣紗將一隻紫玉釵變賣。在候景先鋪裡，被一個老玉器工人見到，說：「啊！……這隻紫玉釵啊，是當年霍王用重金叫我做，讓他的寶貝女兒戴在髮上，你是誰？玉釵怎樣得來的？」浣紗只有和盤說出真相，並說霍小玉失身於人，夫婿去了東都，再無消息。而小姐患病兩年，現今只有變賣珍飾，賂贈他人以求訊息。老玉工聽了，不禁歎息，深感苦樂榮哀無常，於是帶浣紗引小玉見郜國公主。公主十分同情他們的遭遇，送了十二萬錢給小玉，免於困窘。

時李益在長安，潛卜靜居，不令人知。他表弟崔允明，倒是性情中人，勸他見見霍小玉。李益想到自己負盟，難以交代，豈敢面對昔日枕邊人？又知小玉病重，決意逃避，竟恐小玉來訪，晨出暮歸。不久霍小玉知道真相，怨憤滿腔，食不下咽，終日泣涕。李益的鐵石心腸，使長安有識之士，都鄙視李益的薄倖。

豪客慨助　臨終一別

那年三月，春景宜人，李益與五六好友到崇敬寺賞花，在場吟詩。他的好友京兆韋夏卿對他說：「現在風光日麗，好景眼前，可惜霍小玉含冤空候，你始終不屑一顧，實是個狠心人，你又何必這樣呢？」正在歎息責備之際，身旁突然閃出一個黃衫客，俊朗軒昂，意態揚揚。帶著一個胡人少僕，對李益說：「閣下是十郎吧？我早已聽到你的名聲，十分傾慕，無緣相見。今日便請到舍間下盤桓如何？我家便在就近，有美姬八九人，駿馬十多匹，你一定喜歡的。」眾人拱拱簇簇，擁著李益到豪士之家。

他們一眾漸行到業勝坊，李益驚覺是霍小玉的居處，便欲回頭，但為眾人所阻。終於把李益擁進霍家。這個意外，小玉一家驚喜。原來小玉早夜夢得與李益相見，自念存日無多，今日果夢境成真。她出到堂中見李益，不發一言，怒目而視。時小玉病得弱不禁風，楚楚可憐，一座客人為之搖頭歎息。不久，有人送來美酒佳餚，原來是黃衫客所送，慶賀二人團敘。

鑄成巨錯　不見白頭

霍小玉站起身來，斜視李益好一會，再舉酒灑地說：「我為女子，薄命如斯，君是丈夫，負心若此。韶顏稚齡，飲恨而終；慈母在堂，不能供養；綺羅絃管，從此永休。痛赴黃泉，皆君所致。李君李君！今當永訣！我死之後，必為厲鬼，使君妻妾，終日不安！」說完用左手握著李益臂膀，然後將酒杯擲到地上，倒在李益懷中喘息，漸漸死去。

此情此景，李益亦哀慟萬分，願為霍小玉著喪服。將下葬晚上，恍惚中見到小玉對他說：「你尚有餘情，多謝相送，我身在幽冥，亦極感激。」說完便不見蹤影。李益百感交集，後悔難翻，倍感哀痛。一月後，婚期已至，便與盧氏女子結成夫婦，但婚後李益性情變得抑鬱燥暴，常疑心妻子有外鶩，終於把妻子休了。後來三次娶妻，也都不得白頭終老。

本篇故事為唐代蔣防所作，見錄於《太平廣記》。乃唐人曲意言情之作，極享盛名。在寫作上，作者寫李益別霍小玉到東都後，即棄如敗履，與前段兩人恩愛無盡轉折太快。如配合李益後段癡妒性格，誤聽坊間霍小玉的風言風語，誤會小玉別戀而見棄，則更合人情。

霍小玉少不更事，誤托非人，多情含恨。李益性情脆弱，依附富貴，不敢面對大家庭壓力，始亂終棄，人格缺陷昭然可見。這篇寫風流客原來是薄倖郎，其實尚可刻劃得更幽曲細膩，賺人熱淚。豪門公子，對男女愛情關係逢場作戲，在封建社會更不足為怪。

【詞語】請解釋下列詞語，並運用詞語造句。

喜孜孜　登徒子　得蒙青眼　光采照人

瓊林玉樹　憩息　指天誓日　酒闌人散

噤若寒蟬　薄倖　棄如敗履

【問題】

1 試就本文簡述李益個性可愛及可恨之處。

2 李益何以負心薄倖拋棄昔日所愛？

3 霍小玉的性格怎樣？值得同情嗎？

第二十三章 杜子春與紫火鼎爐

杜子春是隋初一個公子，生性曠達，愛好閒蕩享樂，當然不事生產。沒幾年便把祖上遺下的財富花光了。他逼得投靠親友，但親友都鄙視他的行逕，不願幫助他，所以處境困窘。

一天，時值隆冬，杜子春衣衫單薄，整天沒有東西下嚥，肚子餓得轆轆作響，徬徨不知所措，便倚在長安鬧市西門長嗟短歎。一個穿著整潔的老人手持鑲玉龍頭拐杖，剛巧經過，躬身問他遇到甚麼困難。杜子春於是氣憤憤的說出昔日富有時親友盈門，今日都鄙視他的話來，神情十分激動。老人聽了，便說：「你要多少錢才可以度過難關呢？」杜子春說：「三五萬錢恐怕便夠了。」老人說：「不見得吧？你再想想。」杜子春說：「十萬錢吧！」老人說：「還不夠吧？」杜子春再想想，鼓起勇氣說：「一百萬總夠了。」老人搖搖頭說：「我看你還不夠。」杜子春這時有點豪氣，說「三百萬吧！」老人說：「差不多了。」於是從袖中取出一些錢給他，並對他說：「明日午時，你到西城波斯人住的旅舍找我，不要遲到啊！」第二天，杜子春依時找到老人，老人果然送三百萬錢給他。杜子春且驚且喜之時，老人便走了，也沒有說自己是誰。

西門老丈　慨贈巨財

杜子春意外得到這筆財富，想到以後再也不愁窮困了，又再放蕩起來。立即添置華服，購香車，終日邀請酒徒陪伴飲酒作樂，流連歌樓妓院，豪氣一番，以驕舊友。這時他生活得優悠，挺為寫意，便不思振作。過了一二年，他的財產漸漸花盡，華衣美服，寶馬香車也得賣去。後來只得以驢代步，最後驢子也賣去，貧窮如初了。無可奈何，又回復往日倚門長歎的日子。

說也湊巧，杜子春窮途長歎之時，老人又在他眼前出現。竟然親切地握著他的手，說：「奇怪啊！又遇到你了，怎麼弄成這樣？好！讓我再幫你，這回又需要多少錢呢？」杜子春感到非常羞愧，不敢應他。老人又叫他明天再去找他。杜子春實在沒有辦法，第二天帶著羞愧心情去找老人，這回老人給他一千萬。

杜子春再次富有，下定決心發奮做人，決定要好好運用這筆金錢，要弄到比著名富豪石崇、猗頓更富有，才對得起人家。可是擁有金錢，不久心裡又作祟：既然有這許多錢財，何必還辛辛苦苦，營營役役呢？拿著享用不是更美妙麼？於是再次花錢如流水，放蕩如故。不過三四年間，再次一貧如洗。無處可去，逼得又呆在西門老地方，想不到又遇上那個老人。這回遇到他，杜子春內心有愧，見他迎臉而來，不敢與他見面，急急掩臉便走。誰料老人卻瞧見他，拉著他的衣裳，叫他停步，歎息著說：「唉！你這個人也太不懂用財之道了！還好，我們有點緣分。」終於再給他三千萬，並說：「這次你若仍花光，注定你要一生貧窮了！」

杜子春心想：我幾回窮途落魄，親友家族都嫌棄我，只有這老人家關懷救助我，人知恩要報，我應怎樣報答他呢？便對老人說：「這回我得到你的救助，世間凡塵俗務，都可以一一解決了，我心中對你實在十分感激。我辦妥應辦的事後，決心追隨你，受你的差遣。」老人說：「我正有這樣的意思。你辦完世務，明年中元節，到太上老君廟前那棵檜樹下見我吧。」杜子春得了錢財，轉到揚州，買良田，廣建華廈，安置族中孀寡人家，有婚娶的，幫助他們，替族人辦理喪葬之事。最後，在交通要道上蓋了百多間旅舍，招呼行旅。也了結一些恩恩怨怨，便依期前往找老丈。

屢獲救助　甘受考驗

到了那天，波斯老丈果然在廟前雙檜間練氣長嘯。見到杜子春，便和他一起登上華山雲台峰。入四十里後見到一所房子，嚴潔整齊，顯出非凡氣派。只見那裡有靈鶴飛翔，彩雲蓋頂。當中有個大堂，堂中有個大鼎爐，九尺多高，紫火正盛，發出照耀一室的光芒。有九個玉女繞著鼎爐而立。前後並懸著青龍、白虎旗。這時已近黃昏，那老丈已換過一身衣服，戴了黃冠，穿了道袍，拿著白石三丸，一杯酒，叫杜子春服下。又取出一張虎皮，鋪在西面，叫杜子春向東而坐。叮囑他說：「你要端坐這裡不動，不要作出一點聲音。即使見到尊神、惡鬼，毒蛇猛獸，或見到親人受苦，也不要動，不作聲，因為一切都是幻象。你要專心一致，不要驚，不要怕，安坐等我回來。切記切記我的話啊！」

道士走後不久，突然間響起千軍萬馬的聲音，雷動震天。一個身長丈餘、披著金甲的大將軍，帶著百多名兵士進來，大聲喝問：「哼！你是誰？見了本將軍也不迴避？」杜子春不理他，也不答他，將軍大怒，左右持劍要斬殺他。杜子春理也不理，最後將軍盛怒而去。隨後，一大群毒蛇、猛虎、獅子，發出怒吼撲來，或跳到杜子春身上，要吃杜子春。杜子春一概不理，神色不動。過了一會，毒蛇猛獸四散而去。又過了一會，突然下起雨來，雷電閃閃，火光在他左右遊走。電光在他身前身後劈下。杜子春緊閉雙目，毫不理會。

一會兒，庭中積水深達丈餘，狂濤聲響如吼，山河像崩裂一樣，瞬間流水湧到杜子春座下，幸好不久又全部退去。但那個金甲將軍去而復來，這次卻帶著陰間的牛頭馬臉，還帶了一隻大鑊，放在杜子春面前，四周則列滿執著纓槍刀戟的鬼卒。將軍傳下命令：若他肯說出自己姓名，便放過他，他不肯說，便挖了他的心肝，在鑊中煮了！杜子春一概不應。

不久，鬼卒又捉了他的妻子，拖到階下說：「說出你的姓名，她可免受痛苦。」杜子春不理。於是鬼卒便折磨他的妻子，十分淒慘。他的妻子對他大叫：「我嫁了你十多年，侍奉你不少日子，這次鬼卒害我，你便替我說句好話，免我受皮肉之苦吧！」杜子春不應。他的妻子便哭著罵他：「你也太無情了，竟然一句話也不肯為我說！」將軍見杜子春沒有反應，便叫人將他的妻子又銼又舂，逐寸斬切她的腿子，使她淒厲呼號，但杜子春置若罔聞，始終不理。將軍火光了，說：「這個妖賊妖術已成，不可留在人間，把他殺了吧！」左右便一刀向他斬去。

投生為婦　竟誕一子

杜子春被鬼卒殺了，魂魄被帶到閻王面前，閻王問：「這便是雲台峰的妖民嗎？帶他到地獄吧！」於是杜子春便被帶到地獄，身受熔銅、鐵杖、火坑、刀山、鑊湯、劍林之苦。但他想到道士臨行前的話，倒也能忍受得住。竟然不作一聲呻吟。到受罪完畢，閻王命他投胎做女子。誕生在宋州單父縣丞王勤家。自出生後，身體常患病，遍歷痛苦。又常在床上跌下來，或被火傷，多經苦楚，慘不堪言。女身的杜子春，卻姿容絕色。但是啞巴一名，不懂說話。

長大後，進士盧珪貪戀她的美色，提親聘娶。王勤便把她嫁出。最初幾年，夫妻倒也恩愛，而且生了一個兒子。兩歲了，聰明敏慧。盧珪弄兒為樂之時，和兒子說話，但女身杜子春始終不發一言相應。這弄得盧珪大怒，說：「昔日賈大夫之妻嫌夫貌醜，才不和丈夫說話，後來最終也說了。現在我貌比他好，才藝比他高，你竟然這樣鄙視我，即使我生了兒子，又有甚麼用？」說著，便倒持兒子兩足，將他的頭撞在石地上。兒子頭顱破裂，濺出鮮血來。杜子春愛子心切，一時忘記道士的叮囑，不覺叫出「噫」的一聲失聲叫出來。歎息未完，杜子春發覺身子正在原處，道士在身前。這時剛好正是五更時分，空氣清靈，峨眉月斜掛窗外。

紫火高焚　悵惘而歸

這時卻見鼎爐紫火高焚，大火要沖天燒起來，快燒到屋頂。道士歎息著說：「你這個腐酸文人，終也不能助我成事。」說著把火弄滅，才緩緩地說：「你已能看淡喜、怒、惡、欲、哀、懼之心，但愛念仍未能捨割，否則我鼎丹煉成，你亦成上仙。我的藥可以再煉，但你只有繼續留在塵世。」跟著指出杜子春回家途徑。杜子春也眼見鼎爐已傾倒一旁，啞口無言。

杜子春回到家裡，十分懊悔不能依道士的話。後來不甘心，再到華山找道士，只見雲台峰前空無一物，也無人跡。雜花亂草，倍添愁緒，惟有悵惘而歸。

作者寫杜子春故事情節離奇，環環相扣，文筆細膩。前半部寫杜子春放蕩劣根性，一而再倚西門慨歎，求人相助。究竟最後內心有愧，知錯能改。讀者在層層描述中，也感到他是一位良善的人。尤其是最後知恩圖報，領了老人鉅款，即了卻凡塵俗務，幫助族中孤寡，方便旅客行人，替煩苦設想，才追隨恩人。讀者當漸漸感到他的節義高行，產生喜愛親近之心。故事雖說他悵惘而歸，終究曾做好事，還擁有過百旅舍維持生計，總算不錯了。

後段寫杜子春身負各種考驗，無論災難、恐嚇、折磨，一一視作等閒，也實在不易辦到。最後明知虛幻，但仍逃不過愛念之心，功敗垂成。說出他的堅毅始終功虧一簣，但益發更顯出人性的可愛。

玄怪故事　充滿人性

全文糅合道家煉丹及佛家地獄輪迴思想，變化迷離，曲折動人。小說的道佛觀念，正反映唐代社會宗教氣氛瀰漫，唐人讀之更為信受。作者寫得杜子春性格鮮明，一而再倚西門慨歎，三見老人的描述，每次心態都不同，可圈可點。小說見載於《玄怪錄》。原文出自佛經簡單小故事，作者李復言將之衍化成各種變幻及人性的描述，成為精采傳奇。日本作家芥川龍之介也極欣賞，曾將〈杜子春〉以日文改寫。

後人則批評作者寫投胎為女人是一種懲罰，極為不當，侮辱女性。但可知唐代社會有如此想法，絕不稀奇。不過筆者推斷，恐怕李復言動筆之時武則天尚未當權吧！

【詞語】請解釋下列詞語，並運用詞語造句。

生性曠達	親友盈門	流連歌樓	寶馬香車
倚門長歎	營營役役	窮途落魄	孀寡人家
置若罔聞	姿容絕色	悵惘而歸	腐酸文人

【問題】

1 杜子春三見西門老丈，作者用甚麼不同筆法描述？

2 西門老丈其實是甚麼人？對杜子春有甚麼寄望？

3 作者寫杜子春為甚麼最後失敗，你對他的失敗有甚麼感想？

第二十四章 小龍女與柳毅傳書

本文出自唐人李朝威手筆的愛情故事，寫龍女宛委多情，性格良善，知恩圖報。柳毅正義信實，龍君氣概大度，錢塘君剛烈痛快，個個性格鮮明，躍然紙上。而龍宮華美珍寶，人間艷羨。

柳毅是唐高宗時的一個讀書人，那年應考，結果落第，便要回湖南老家。但記得有鄉親遷寓陝西涇陽，於是順道去探望他。

龍女悲戚　慨為傳書

一天，行到六七里後，忽然見途中馬驚鳥起，這些畜牲頗有惶恐之狀。再行六七里，見到一個女子，竟然在路邊牧羊。柳毅感到有些奇怪，仔細地向她打量，見她姿色過人，但愁眉不展，衣衫殘舊，呆立一方。柳毅不禁好奇地問：「你為甚麼弄成這樣？何以愁眉苦臉呢？」這女子聽到他這一問，終於忍不住流下淚來，說：「我是一個薄命的人，既蒙你相問，我也不避羞愧向你說：小女子本是洞庭龍君女兒，父母把我嫁給涇川龍二子，但夫婿只愛玩樂，又胡塗，受僕婢欺騙而刻薄我。我向公公婆婆訴苦，他們愛子心重，只知姑息他。說得多了，反而討厭我，把我趕到這裡。」說著，更涕零如雨。

跟著說：「唉！不知這裡隔洞庭老家有多遠，我含屈受苦，總沒有人知道，你將返洞庭，可以替我帶個音訊給家人嗎？」柳毅說：「啊！我知道你的遭遇之後，恨不得長出翅膀飛回洞庭告訴你家人呢！可是洞庭水深，我是凡夫俗子，又怎能助你？」龍女說：「你肯答應，真使我感激一生。到洞庭宮中不難，你先到洞庭湖的南岸，找一棵大橘樹。當地人常在那棵橘樹拜祭的，你向樹身連敲三下，便有人帶引你了。現在我的命運全依託你了。千萬不要變卦啊！」

柳毅說自己一定履行諾言的。龍女從懷中取出書信，交給柳毅，向東而望，眼淚還不停流出來。柳毅見了，為之心酸。他把信藏得妥貼，好一會又問龍女，為甚麼仙家也要牧羊呢？龍女說那些不是羊，是「雨工」。柳毅始終覺得與羊沒有分別，臨行之時，對龍女說：「他日在洞庭相見，你不要迴避我啊！」龍女說：「怎會避你呢？我已把你當作親人一般親切呢！」說完便舉步走了。龍女行得數十步，人和羊都失去蹤影。當夜，柳毅找著他的朋友，盤桓幾天，要再過一個月後才回到家鄉。

得入龍宮　滿目珍寶

柳毅走到洞庭湖南岸，果然找到那棵受鄉人拜祭的橘樹。向樹幹拍了三掌。一會兒，見一個武將從湖中走出來向他作揖。問他想去哪裡。柳毅說想見洞庭君，這武將叫他閉目一會，當他張開眼的時候，已在龍宮。只見眼前亭臺樓閣相疊，萬戶千門，奇珍草木，無所不有。武將帶他到一大殿，告訴他這叫靈虛殿，叫他等候。柳毅見龍宮寶殿，滿是珍寶，勝盡人間。只見白璧為柱，青玉為階，用珊瑚做床，水晶做簾，雕刻過的琉璃做門楣，滿鑲的琥珀做棟樑。柳毅久候洞庭君仍不見，有點忐忑。武將說龍君正與炎陽道士談《火經》。武將說：「我們的大王是龍，龍以水為元神，化一滴可淹河谷；道士是人，人以火為元神，舉一小火可燒盡宮殿，各有不同玄妙之處，正與道士研究其中道理呢！」

正談得勁的時候一人穿紫衣，執青玉而入，望了柳毅一眼，說：「你是凡間的人吧？」柳毅說是。兩人敘禮之後，龍君說：「你不遠而來，究竟有甚麼事找我呢？」柳毅先自我介紹，說：「我是本鄉人，到秦地求學。考試落第後，路過涇水之旁，見到大王愛女在牧羊，神情悲戚，便予相問。知道她被夫婿刻薄，被公公婆婆冤屈，情況淒涼，便允帶她的書信來交給你。」說完遞上書信，龍君看完信後，也不覺流下淚來，怪責自己胡塗，令女兒受苦，連聲向柳毅致謝。

這事情傳到宮中人知悉，都掩臉而哭，哭聲可聞。龍君忽然驚覺，差人叫各人禁聲，恐防錢塘君知道這件事。柳毅感到詫異，忙問錢塘君是誰。龍君說：「錢塘君是我胞弟，以往掌管錢塘江，如今已歸隱。但他脾性極烈，當年堯帝時一發脾氣，洪水為患九年，近日又與天將失和，被勒令在這裡靜養。」龍君還未說完，突然天崩地裂一般宮殿搖動，雲煙四湧，見到一條赤龍，身長千尺，帶著金鎖，被鎖在玉柱上。但他不停激動，突然沖天而去，嚇得柳毅整個人跌在地上。龍君急急親自扶起他，並安慰切勿驚恐。龍君見他是貴客，忙命人擺宴招待，盡地主之情。

龍王暴怒殺人　向柳提親

柳毅入席後，一會兒，但感氣氛祥和，簫樂相奏，眾多宮女出來歌舞。其中一人身穿華服，明眸照人，細看之下，極像龍女。見她如悲如喜，尚有絲淚在頰中隱隱可見。一會庭中左方散出紅粉，右方鋪出紫氣，滿室清香。這女子舞入宮中便不見了，龍君也走入內堂。

一會兒龍君與另一披紫衣的人出來，此人神貌俊朗，龍君介紹他說：「這位便是錢塘君了。」錢塘君與柳毅敘禮之後，忙向柳毅致謝。又轉對龍君說：「剛才我在辰時從這裡出去，巳時到了涇陽，午時和他們大戰一場，還曾跑去告知玉帝，玉帝也免了我的罪，但驚擾宮中貴客，慚愧得很。」龍君說：「你對他們怎樣？」錢塘君說：「我殺了他們六十萬人，傷地八百里。」龍君問：「那無情郎呢？」錢塘君說：「我已把他吃了！」龍君搖頭歎息，告誡錢塘君也要收斂暴躁脾氣。

翌日，龍君又宴於凝碧宮。介紹他的親戚朋友給柳毅認識，以最好禮樂款待他。宮中人感謝他，取出珍品送給他，精光燦然，疊起來像小山一樣。第三天他們又設宴於清華閣，錢塘君帶著酒意向柳毅說：「龍女誤嫁非人，但性情嫻淑，素為親友讚賞，不如與她結成姻親，使有始終之德如何？」

柳毅聽了，整頓衣襟，正色說：「我見你斷金鎖，勇戰涇陽，救人於難，不失為大丈夫，何以說出這樣的話來？說到威猛，我當然不及你，但若以勢相逼，我卻不懼。」錢塘君聽了，呆了一呆，隨即說：「我長居深宮，不知人間禮義，有點狂妄，請你不要見怪。」於是二人相談如舊，倒成莫逆之交。

第四天歡宴後，宮中卑長，都來與柳毅拜別。夫人更流淚言謝，命龍女向柳毅再拜。柳毅再次見到龍女，麗色如故，仍帶三分休戚，想起昨天一口拒絕錢塘君提親之事，微有悔意。這時龍宮一眾無不依依惜別。柳毅得到江上，見有隨從十多人，擔著餽贈的禮物到他家裡。

續弦再娶　貌似龍女

後來柳毅遷到揚州居住。取出些少寶物變賣，成當地富豪。不久娶妻張氏，不幸去世，再娶韓氏，不久又亡。柳毅再後遷往南京，尚在年青，再思續弦。媒人一天對他說：范陽盧氏有個女兒，父是縣令，晚年好道，不知雲遊到甚麼地方。其母鄭氏把女兒嫁給張家，但夫家早亡，如今年紀仍不大，鄭母想把女兒許配好人家，不知你嫌不嫌她的身分。

柳毅只好隨緣應允，二人大族聯婚，十分熱鬧，整個城鎮為之哄動。柳毅細看妻子，覺得她的臉貌有點像龍女，有桃李之姿，而儀容鼎盛，和年輕龍女的清麗各擅其勝。柳毅對妻子說出原委一切，他的妻子說：「世上哪有這樣巧的事呢？」

過了一年，盧氏替柳毅誕下一子，滿月時，親友相聚，盧氏笑笑說：「以前的事你甚麼都忘記了吧？」柳毅說：「我最不能忘記的，是替洞庭龍女傳書的事，至今仍記著。」盧氏笑著說：「我便是洞庭龍女了。當日涇川含冤，得你助脫，總想報答你。叔父錢塘君為我論親，你又不允。以為不會再相見，後來知道你娶幾個女子先後死去，父母知我想向你報恩，便成全了我，和你白頭到老。」

相愛相知　互吐心曲

說著，竟嗚咽起來，又說：「最初我不敢說，恐怕你只愛我美色。原來你竟常常牽掛著我，有情有義，為甚麼當天你不肯娶我呢？」柳毅說：「這是命中注定吧。最初助你，只覺你可憐。錢塘君提親之時，於理不通，怎可以殺了人家的丈夫，再娶那人的妻子呢？而且這樣娶你，好像屈服於錢塘君的聲勢，那便不對了。其實當日相別，真捨不得你呢！」說罷，兩人相擁在一起，都感動得流下淚來。龍女說：「你我既是夫婦，龍壽萬歲，你也會長生的。」柳毅說：「想不到娶了國色香的龍女，無意得成仙之道。」

後來兩人重回龍宮探望龍君。幾十年後柳毅親戚胡蝦在海上見到他，見柳毅的容顏沒有老，還送了五十顆仙丹給胡蝦延年呢。

一見鍾情　縈繫終身

〈柳毅傳〉世傳李朝威作，出自《異聞集》。寫龍女宛委多情，性格良善，知恩圖報。柳毅正義信實，龍君氣概大度，錢塘君剛烈痛快，個個性格鮮明，躍然紙上。而龍宮華美珍寶，人間艷羨。讀者以為俊男美女，珠聯璧合，將共諧好事。誰料柳毅竟然婉拒美人富貴，寧願重返人間。

作者寫柳毅和小龍女的愛情，並非明刀明槍而是曲筆側寫，暗藏如怨如慕，揮之不去的情深牽掛。柳毅對小龍女乃是默默無言的一見鍾情，而至一生鍾情。細讀對二人感情描述，方見作者再三暗寫。柳毅先是因憐生愛，慨然傳書。後在龍宮再見歌舞中龍女，但見其如悲如喜，眼中隱隱淚絲，寫出柳毅心中之戚戚然。雖然斷然拒絕婚事，然萬分不捨，內心有自責悔意。後來結成夫妻，亦坦然吐露戀念小龍女心懷，可見雖然世事多磨，實情比金堅。小龍女獨處龍宮閨門，卻時刻心繫柳毅，否則何以知其一再喪妻？作者寫兩人愛情一再轉折描述，收放自如。最後有情人終成眷屬，兩人結為夫婦，亦喜亦悲，互吐心曲，相敬相知，男女團圓，皆大歡喜。

古代社會寡婦再嫁，未必引為美談，甚而不會接納。但唐代社會，男女對貞操觀念較薄，即使王室公主，再嫁三嫁不以為異，所以為唐人接受。女子遠嫁遭到夫家欺凌，人間屢見不鮮。作者筆下寫愛情堅貞，人物可愛，劇情發展收放往復，不落俗套。歷代將之轉成戲劇，搬上舞台，都極受歡迎。

【詞語】請解釋下列詞語，並運用詞語造句。

涕零如雨　變卦　心酸　琥珀
忐忑　氣氛祥和　明眸照人　如悲如喜
性情嫻淑　桃李之姿　儀容鼎盛　嗚咽

【問題】

1 本文怎樣描述小龍女可愛之處？

2 柳毅何以在龍宮時不答應婚事？

3 本文怎樣描述柳毅對小龍女真摯感情？

第二十五章　李娃傳之紅袖添香

唐代傳奇由文人撰寫，內容亦多描繪文人生活遭遇，筆下反映出多種唐人生活形態。〈李娃傳〉寫唐代書生愛情遭遇，曲折多變，寫出人間嗔怨，世道滄桑。故事濃縮了悲歡離合，恩怨情仇，為唐代愛情傳奇典型之作。

唐代以前，閨秀女子都困居家門，不准與外人相見，男士難睹芳容。秀女出門要圍上臉幕，像現代一些中東女子遮掩臉孔一樣，人家都見不到她的臉貌。但唐室胡風，一些皇宮中女子矯裝男子一同出獵，不用臉幕。後來乾脆日中也棄去臉幕，以真臉目示人，皇室不以為逆。不久民間女子仿習，漸漸成為社會風氣。男士平日少見俏麗女子，一旦能目賞秀色，便不能自持。

飽讀詩書　偶遇佳人

唐玄宗天寶年間，常州刺史鄭氏（原文無姓氏，後人考據乃鄭氏）為一大家族，鄭父五十歲時方得一子。這個寶貝兒子長得俊秀不凡，才學過人，鄭父對之極為鍾愛，常以家中千里駒作喻。鄭生到了二十歲，鄭父給他豐盛行裝，資金足兩年富裕生活費用，送他上京考進士。鄭生亦滿懷信心，視及第為囊中之物。

鄭生到了長安，居於布政里。月餘之後，一天訪友途中，經過鳴珂曲（小巷），見到一個梳著雙鬟少女立於門前，體貌俏麗，吸引著鄭生，不自覺地停馬怔怔地望著對方，不忍離去。便詐將馬鞭掉在地上，等候從僕拾取。而這小姑娘，竟也被他吸引，不住回頭戀望。

鄭生這日回家之後，不斷向朋友打聽這女子的家世，一位熟悉長安的朋友告訴他，這個女子姓李，頗為富有，是娼門中人，結交她的人非富則貴。要認識她，動不動使用百萬錢。鄭生聽了認為這難不到他，於是擇日盛裝訪她。

到了李家，鄭生扣門，問是誰家住院。誰知應門侍兒不答，卻急急向內回報說：「那日遺下馬鞭的公子到了！」少女聽到，忙叫侍婢招呼他入內。鄭生向屋中姥姥說想租那裡暫住。一會，姥姥命少女出來拜見，原來她叫李娃。

妝奩衾枕　侈麗罕見

鄭生見李娃明眸皓齒，容態華艷，心神早被她懾住，竟不敢正視。他們寒暄一番後，姥姥烹茶煮酒招待，器具精緻非常。鄭生有意久留，不意主人說來賓客居過遠邀請留下度宿。鄭生叫家僮持雙縑換他們一宵酒饌。李娃笑著說：「怎能這樣呢？我們要盡主人之禮啊！今回說甚麼也應由我們款待的。」說著便引鄭生到內堂，原來那裡幃幙簾榻，無不華麗奪目，妝奩衾枕，亦侈麗罕見。

他們點著蠟燭，在極浪漫氣氛下晚餐。席間二人談得更熟稔，調笑暢言，其樂融融。鄭生說：「日前偶爾經過府上後，常常動念，沒有一刻不想著你啊！」李娃說：「我也是這樣呢！」鄭生說：「我今天來，哪裡是想租房子的，完全是想親近你。」還未把話說完，姥姥恰好入來，便索性把真相說給她聽。姥姥說：「人生於世，男歡女愛是挺平常的事，有時連父母也不能阻止。小女兒平庸，怎配得起郎君呢？」鄭生乘機說些好話，二人當夜便共度春宵。

鄭生入住李家，躲藏起來，把來京應考目的拋上雲霄，過著沉迷的生活。他的錢用光了，便賣去駿馬；再貧，賣去家僮；漸漸身無長物。姥姥對他也日漸冷淡，但李娃對他的情意卻有增無減。

問神求嗣　晴天霹靂

一天，李娃說他們結婚整年，尚無子嗣，便提議求神。鄭生大喜，帶備祭品同往祠廟求子，住了一夜才回家。途中經北門，李娃說街角便是姨母住宅，提議去探望他。到了那裡，果然有一老婦迎接他們，並責備李娃許久都不來探望她。二人繼而歡笑甚洽。鄭生見那庭院別致，景物非凡，便問是否姨母物業，李娃笑而不答。

突然，一頭良馬帶汗而入，來人說姥姥中風，叫他們回去。這時，侍婢和姨母私語一會，姨母叫止鄭生，並說姥姥已死，還是留下一起辦理喪事為佳。將入夜，再無人帶來音訊，姨母便叫鄭生回家看個究竟。誰知當他回到家門，只見重門深鎖，並封上漆泥。鄭生大驚失色，鄰人說業主到期收屋，李娃和姥姥遷出不知去向了。鄭生想回去質問姨母，又已天黑。只有脫去身上衣物換來一頓晚飯。晚上租一地棲身，愈想愈怒，整夜不能成眠。

第二天回到姨母家，扣門無人應，大喊多回，有一公人打扮的走出來。鄭生說明來意，那人卻說這地原是崔尚書之宅，昨日一人說租來招待遠親，未到日暮便走了。鄭生聽了氣得發狂，再回布政里舊居，屋主可憐他，招呼他進膳。但鄭生食不下嚥，絕食三日，病在一旁，動也不動。屋主恐他不測，使人送他到辦喪事凶肆之地。鄭生喘息多時仍未死去。那裡做殯儀的人用稀粥餵他，最後得以不死。鄭生身子復元之後，便在凶肆工作，養活自己。

巧遇家僕　方知被棄

鄭生在殯儀館做工，苟且偷生，每聽得親者為喪者痛哭，感懷身世，自歎比死者更悲，每哀哭得比他們淒苦。於是業中人請他為喪家唱輓歌。想不到這樣漸成行業中唱輓歌的翹楚。原來長安有東西兩家殯儀，明爭暗鬥。東家物器華美，西家莫及，但唱輓歌卻缺乏好手。東家主人知道鄭生善唱，遂出重金聘得前輩好手，暗中將本領向鄭生傾囊相授，然後相約比賽，敗者出酒錢五萬擺酒設宴，並訂下契約，擇日比賽。

這次比賽盛會，市人奔走相告，甚至驚動地方官員。當天士紳雲集，達數萬之眾。人人都前往觀賽，弄到街上沒有行人。比賽由早上開始，賽至中午，都是展示喪禮用的車轎及儀仗用器等，每回相比，西家都不能獲勝，主人漸有愧色。

輓歌高手　聲動山林

及後，西家在南角設一高台，一人長髯長身而立，托著木鐸，與隨從幾人登台高歌。只見他吐氣揚聲，音容俱盛，駕輕就熟，顧盼自如。唱出一首古代祭奠時愛用的「白馬歌」，引來滿堂讚賞。一會，東家在北角高台上，緩步走出一個烏巾青年，由五六人擁著登台。他拿著孔雀羽毛編織成的大扇子，好整以暇地整頓一下衣襟，慢慢吐出聲音來。那人正是鄭生。

鄭生先發音輕慢，像不勝歌力，但愈唱愈響，音調愈高亢愈清越。斯時林葉顫動，山谷迴響，唱的是送喪的「薤露」之歌。一曲未完，聞者皆為之悲切，掩袖下淚者大不乏人。西家主人自忖難以取勝，暗暗放下所輸賭金，不辭而去。

原來鄭父當時剛好被召到京師，換了便服和朋友同赴賽會。有一老僕認得鄭生，又不敢肯定，想到往事，泫然流涕對鄭父說出來。鄭父則認為兒子因露財早為強盜害死。哪會出現輓歌賽會？但仍禁不住邊聽邊下淚。老僕不甘心，找著殯儀行業中人詢問，原來鄭生已改名，問不出結果。

險死還生　未為父諒

老僕後來逼近鄭生身旁，鄭生見到老僕人，有點錯愕，想在人叢中閃避。但老僕刻意牽他衣袖，終於兩人相認，抱頭而哭。老僕帶他回家，鄭父知道一切，卻厲聲責備他有辱家門，用馬鞭抽了他百多下，打得鄭生奄奄一息，倒斃路旁，鄭父則不顧而去。

鄭生僱主早差人暗中跟著他，見事已如此，令二從人下葬鄭生。但從人發覺鄭生心下尚有微暖，急急救護。一月後，鄭生終撿得性命，但鞭傷之處潰爛難看，同伴亦怕他，終於把他棄在路旁，鄭生只得乞食求生。

得遇紅顏　恩同再造

一天大雪，鄭生哀號求食，正好經過李娃家門。李娃認得聲音，出來一看，果然是他。見他全身枯瘦，長滿瘡疥，狀非人形。鄭生相認時只能點頭，便倒在李娃懷中。李娃收容他在西廂，姥姥見到要趕走鄭生。李娃說：「他本是良家子弟，我們設計使他花盡金錢，淪落至此。他家是大族，若追究我們，能擔當得起嗎？現今我將積蓄贖身，與他共住，也不算對你不起了！」姥姥見她意志堅決，無奈應允。

李娃把餘下所有，租一小院與鄭生居住，細心護理他。一年後鄭生回復健康，李娃問鄭生是否尚記得學業，又帶他到書肆購入大量典籍。鄭生回家苦讀，深宵不懈，李娃則恆常伴讀左右，紅袖添香夜讀書。兩年之內，海內文籍，鄭生全部了然於胸。李娃叫他再苦讀一年，取得十足把握才應試。

應試第一　知心引退

那年，適遇帝主親作殿試，鄭生應考直言諫科，結果第一，授成都府參軍。滿朝文武，相爭結納。李娃這時卻說：「我現在還你本來面目，也不愧疚於心了。我回姥姥那裡侍奉她，以度殘年。你可與望族女子通婚，共偕到老，我們就此作別吧！」鄭生當然不允，最後李娃答應相送至劍門作別。

鄭父這時拜成都尹，接得鄭生名片，不敢相認，再讀他履歷，大驚失色。終於父子二人相見，擁抱大哭，再不計較前事。鄭生說出李娃身報相助之德，鄭父極為感動，為李娃置一別館，命名媒撮合，備六禮（納采、問名、納吉、納徵、請期、迎親）迎娶。

李娃嫁入鄭家，治家甚嚴，持孝至甚。後鄭生父母皆歿，鄭生守孝畢，遷任刺史，李娃封汧國夫人。生四子，皆為大官，內外隆盛，時人莫及。

從小說中窺探唐代人心及風尚

本文是封建社會的愛情故事，男女離合現在看來未免老套，但頗多情節反映唐代社會風尚，亦可從中窺見唐人心態。全文費去不少筆墨，寫朱門子弟之墮落，行乞求食，在當時實有警世作用。

小說中可見唐代重視門第，鄭生出於大族之家，已儼然高人一等。及後李娃見愛郎名成利就，亦囑鄭生娶名門高姓為妻，可見社會上能系出名門被視為幸福根基。其次鄭父重見失蹤多時兒子，不但無重會之歡，因其墮入娼門而無情鞭撻至死，不顧而去，全因兒子行為家門蒙羞，可見當時偏重門戶家聲之甚。

鄭生年少，見識未廣，把持不足，得見艷色，即墮入脂粉陷阱，暮氣沉沉，此亦反映小子沉迷酒色歪風，唐代青樓之普遍。又寫青樓娼家欺詐手段安排，迴環緊套，教人防不勝防。文中寫殯儀行業中輓歌賽技，萬人空巷爭睹之盛況，帶出唐代社會另一極少人描述景像。

全篇人物不多，鄭氏父子、李娃、姥姥、老僕，個個性格躍然紙上。當中寫鄭生未知世途險惡，追逐聲色而不能自拔，至遭遇非人，令人同情扼腕。及後奮發圖強，脫胎換骨，百折不撓，痛改前非，亦殊為難得，使讀者深感快慰。李娃本性純良，但命如浮萍，身不由己欺瞞鄭生。然世道如此，不難使人浩歎。及後覺悟前非，挺身相救，終於全心全意補贖輔助，輔導鄭生成材，見到人性善良之處，人心大快。

本文為白居易弟弟白行簡所作，原作題為〈李娃傳〉，寫來絲絲入扣，起伏跌宕。佈局層層推新，令人追讀。輯入《太平廣記》，外國亦有譯本，是唐人傳奇中名著。明人薛近兖〈繡襦記〉都取材這個故事。然全文雖然大團圓結局，實為其弱點，與其他傳奇高逸結局相比，則遜一籌。

【詞語】請解釋下列詞語，並運用詞語造句。

囊中之物	娼門中人	侈麗罕見	明眸皓齒
妝奩	凶肆之地	苟且偷生	輓歌
翹楚	傾囊相授	泫然流涕	深宵不懈

【問題】

1 試就本文簡述鄭生之性格及命運。

2 鄭生被李娃等人設計欺騙，是咎自取嗎？為甚麼？

3 從本文中反映唐代社會甚麼風尚？

第二十六章　紅拂女慧眼與虯髯客

〈虯髯客傳〉得文士喜愛，認為大抵因主人翁李靖得天獨厚，既得出塵美人委身侍隨，相輔相得，又遇千古明主李世民，施展抱負，建千秋功業。更蒙一代人傑，慨贈家財兵法，令人艷羨之至。而內文紅拂女慧眼識英雄，虯髯客雄豪大度，成人之美，成千古美談。

隋煬帝當了皇帝，只愛享樂。他帶了隨從到揚州遊玩，便命楊素守西京長安。楊素是隋朝開國功臣，權傾天下。除了生活奢華，直逼帝王之外，即使與王公大臣相見，也侍婢羅列兩旁，坦腹的倚在床上。態度高傲輕慢，愈來愈甚，誰也不放在眼上。

楊素坦腹高傲　李靖求見獻誠

一天，平民李靖帶著昇平天下的計策求見，楊素像往日一般踞床而談。李靖忍不住上前說：「現在天下大亂，希望先生能尊重豪傑，不以這種侮慢態度接待別人，別人也希望盡心盡力為朝廷效力的。」楊素聽了他說出這一番話，不禁動容。知道他是非常人物，立即斂容正坐，待以上賓之禮。兩人相談天下事，倒也投契。最後，楊素收下李靖的計策，相謝而去。那知兩人談話的時候，楊素身旁一個執著紅拂的小婢，對李靖頻頻注目。李靖離去的時候，她忙追出走廊。叫僕吏打聽他的姓名，住甚麼地方。

李靖回到客店，深夜五更時分，忽然聽到一陣陣低而急的叩門聲，忙起床問個究竟。見到一個穿紫衣，戴著大帽子的人。李靖驚問是誰？對方說：「我是楊素家中拿著紅拂的侍女呢！」李靖急急喚她入內。入到房間，來人脫去衣帽，是個十八九歲的俏麗佳人。只見她膚容勝雪，不施脂粉，穿了錦繡衣裳，向他盈盈下拜。

慧眼識英雄　佳人委身托附

李靖在疑幻疑驚中回禮，只聽得這位美人說：「我侍奉楊素已有好一段日子，天下各式名樣的人物也見不少，只有公子你最不凡。一個女子始終要找歸宿的，故此今來投靠你，未來的日子也依附你了。」李靖說：「你這樣做，不怕楊素不滿嗎？」那女子說：「楊素這個人，是沒有作為的了。許多人都知道他最終會失敗，逃的逃、跑的跑，他也不十分計較。這件事我細心考慮過，希望你不要猶疑。」李靖這時再細意打量紅拂，見她肌膚樣貌，談吐舉止，無不是一等一的出塵出眾，真如天仙化人一樣。而她竟然自動奔投自己，一方面感到幸運，一方面又恐怕帶來不測之禍，心中忐忑不安。

終於收容了紅拂幾天，也聽到查探紅拂的風聲，倒不嚴厲。過了幾天，李靖便和紅拂都換上便服，大搖大擺地走出旅店，到太原去。竟也順風順水，無人攔阻。

逆旅豪客　結為兄妹

到了靈石，安頓了行李。李靖在店子門外刷馬，紅拂在大堂梳頭，一把秀髮長長的垂到地面。這時堂中爐火正旺，正在煮肉。突然，一個滿臉赤紅鬍子的中年壯漢，騎著一隻跛腳的驢子走進店來，順手把一個皮囊拋到爐旁。他取了枕，半倚半臥在床上，靜看紅拂梳頭。李靖見他大模大樣，定睛看著紅拂，毫無禮貌，十分生氣。一面刷馬，一面想著怎樣教訓他。

卻見紅拂走到虬髯客身前，細細打量他。一隻手握著頭髮，一隻手放在身後示意李靖不要亂來。隨著紅拂整理一下儀容，前行問來客貴姓。對方答姓張。紅拂說：「我也姓張，應該是你的妹子了。」隨之參拜為禮。對方顯得極高興，說：「想不到今日得一好妹子！」紅拂便大聲向李靖說：「李郎！快些來見三哥！」李靖於是過來行禮。坐下之後，虬髯客說餓，便共吃已煮熟的羊肉。吃後，虬髯客把餘下的碎肉給驢子吃，驢子一會兒便把肉吃光。

蚪髯客對李靖說：「我看你不過是個貧窮的讀書人罷了，怎會找到這樣一個脫俗的佳人呢？」李靖說：「我雖然貧窮，但亦是個抱負不凡的人，個中自有因由，他人問我，我不會說；但三哥問及，我直說無妨。」於是將見楊素，紅拂來投的事全說給他知道。之後，蚪髯客又問他目前有甚麼打算。李靖說想往太原投靠朋友。蚪髯客說：「那我便不是你要投靠的人了！」又突然間問有沒有酒。他們弄到了酒，蚪髯客說：「我有些下酒之物，拿來一起送酒如何？」李靖客氣地推卻了。隨見他打開皮革袋子，取出一個人頭、一個人心來。說：「這個是天下間不義之人，我找了他十年，這回才捉到他，一償心願，今後再也不用牽掛了。」說著，將人頭放回袋中，用匕首將人心切開，和李靖一同以人心下酒。

大啖人心　相期再敘

蚪髯客又說：「看你的樣子，也不失為一表人才，難道太原有比你更好的異人嗎？」李靖說：「我認識一人，真有天子儀表，餘人多是將相之才。他也是姓李，是州將之子，只有二十歲。」蚪髯客說：「可以介紹我認識嗎？」李靖說：「好！我友劉文靜和他熟稔，便請他安排見面。」蚪髯客和他計算到太原的日子後，便說：「你到達太原之時方天亮，便在汾陽橋候我如何？」二人約好，蚪髯客便乘驢而去。

李靖發覺他的驢子運行如飛，轉眼不見蹤影，和紅拂知道遇上異人，且驚且喜。紅拂說：「我們速速上道，三哥決不會騙我。」

李靖和紅拂到了太原，三人如期相見，都極高興。一同造訪劉文靜，對劉說：「我有個朋友善於看相，不如請郎君到來，大家談談如何？」文靜聽了，急急使人前往通知。不一會，已見這個年輕人到來，只見他衣飾大方，捲著皮裘袖子，意氣揚揚，神情瀟灑，容貌非比尋常。虯髯客見了，一聲不響坐到末席，嗒然若失。

睹真天子　頓失雄心

虯髯客隨便飲了幾杯酒，輕聲對李靖說：「他真有帝王之相。」李靖轉告劉文靜。文靜聽了也十分高興。虯髯客再對李靖說：「我的看法也差不多了，不過。還想我學道的兄弟再看看有沒有看錯。某日你在馬行東酒樓下，見到我的驢子和另一瘦驢，我和道兄便在樓上，你立即上來吧。」說完便走了。

李靖依約前往，見到虯髯客和一道士對飲，飲了一會，叫李靖到樓下取錢十萬，好好安頓紅拂。三人再約另日訪劉文靜。

到了春天，他們三人到劉文靜家，和他下棋閒談，十分融洽。文靖飛書再次邀請李世民來看下棋。道士便和劉文靜對奕，虯髯客和李靖在旁觀看。一會李世民到了，只見他精神飽滿，顧盼自豪，令滿座春風。道士見了，不禁失色，下了一棋子，說：「這局我終於輸了！

再無法可救，又何必勉強呢？」說罷表示不再下棋要告退。臨出門的時對虬髯客說：「這個天下恐怕不是你的了，你到別處發展吧！不要耿耿於懷啊！」虬髯客對李靖說：「你們到了長安，翌日便來訪我吧！我們可以慢慢長談敘舊。你一定要來啊！」說著，欷歔一番而去。

登門造訪　如入天家

到了長安，李靖與紅拂一起訪虬髯客。只見他居處入口是一道小門，但早有人相候帶引。屋子愈入愈深，門戶愈見壯麗，最後到了東廳，見到奴婢數十人羅列堂前。廳內陳置珍貴異常，裝飾華麗恍如天家。侍婢又請二人沐浴更衣，換上珍貴綾羅，戴上奇寶飾物。一切停當，聽到有人大聲傳呼；三郎來了！

這時見到虬髯客盛服而至，顯得龍虎之姿，氣概不凡。三人相見甚歡，虬髯客叫妻子出來相見，亦是出眾佳人。四人再到中堂用膳，只見鍾鼎之盛，王公大臣亦有所不及。女樂二十人在筵前奏樂，宛如天家氣候，非人間景象。

飯後，家人自東堂抬出二十台錦帕蓋著的事物來，取去錦帕，原來是財寶鑰匙和文書契據。虬髯客說：「這是我多年以來積蓄的家財，原意是用來建功立業，稱雄於世。但現在我全送給你們，因為中原既有真命天子，我要這些財貨也沒有用。」隨即又說：「李靖你才略不凡，紅拂你慧眼識英雄，他日一定顯貴。十年後你們若聽得東南方有異事，那應是我得志的日子了！」說著，又向家人說：「李靖夫婦，從今日起便是你們的主人了。」一切安排妥當，虬髯客帶著妻子和一名僕人，揚長而去。

李靖後來果然助李世民平定天下，使人民安居樂業，官至左僕射平章事。貞觀十年，有人報稱海外有船千艘，甲兵十萬殺入扶餘國土，自立為王。李靖夫婦料是義兄虬髯客作為，便向東南方遙遙頌禱，灑酒祝拜一番，以示心意。

借用人物　事假情真

此篇〈虬髯客傳〉著錄自《太平廣記》。有說作者佚名，但更多人認為是唐道士杜光庭所著。近人饒宗頤考證認為不能作定論。因楊素、李靖、李世民同時出現之年紀與史實不合。煬帝幸江都之時日亦不對。僅是作者借歷史人物、歷史事故而虛構著述。不過文章寫太好，情節絲絲入扣，人物生動可愛，故讀者易生錯覺，容易信以為真。

歷史上果有李靖劉文靜其人。李靖沒有參與玄武門之變，但善於兵法，是李世民手下大將，戰無不勝，乃長勝將軍。唐太宗曾囑愛將侯君集向李靖學習兵法。侯君集後來向唐太宗投訴說李靖想造反，留有一手。唐太宗責難李靖，李靖說其實是侯君集預備造反，因其時天下靖平，可用兵法已全授給他。後來侯君集終於連同太子造反，李靖果有先見之明。李靖用兵威震西域，曾率兵打到今日土耳其，襲取東突厥，大勝而回。

有學者研究說〈虯髯客傳〉受另一傳奇〈黃鬚客〉啟發而寫成。據知今存〈虯髯客傳〉共有七種版本，大同小異。《太平廣記》刊本只書「虯髯客」三字，而無「傳」字。

【詞語】請解釋下列詞語，並運用詞語造句。

坦腹　踞床而談　不禁動容　叩門
虜容勝雪　盈盈下拜　不測之禍　脫俗
一償心願　嗒然若失　顧盼自豪　欷歔一番
鍾鼎之盛　揚長而去

【問題】

1 試就本文所述，寫出李靖、紅拂女、虯髯客三人性格。
2 你認為虯髯客一見李世民而甘於退讓、是甚麼心理？
3 本文主旨是甚麼，試詳論之。

附錄

唐代傳奇

一、唐代社會催生傳奇

神話可說是小說的起源，雖然有些荒誕，但不少學者卻認為初民紀實、而非虛構的。歷代的野史雜史，甚而六朝的志怪，魏晉清談集，撰述者都表示所記真確。至於先秦、六朝散文中常夾雜虛構的故事，只是利用故事說明道理的寓言，不屬小說。六朝志怪，則視作小說的胎元。

唐前小說未受重視

「小說」一詞，古已有之。最早二千多年前《莊子》說：「飾小說已干縣令，其於大道也亦遠矣。」班固在《漢書．藝文志》說：「小說家者流，蓋出於稗官，街談巷語。道聽途說者之所造也。」莊子將「小說」與「大道」相對。班固認為小說乃街談巷語，可見對小說都帶著輕視眼光。唐前文士認為小說價值不高，所以被忽視，推斷有三個原因。

當日小說無經世價值

小說既和大道相對；大道是指治國平天下的大文章，小說是街談巷語之辭。當時小說不受社會重視，因不能為文人帶來名譽富貴，而為文人輕視，不屑為之，實屬正常。

誤以史學眼光評論

傳統文人既視小說無關重要。即使作者寫得煞有介事，亦認為是嘩眾取寵之言，實不足信。例如近人饒宗頤氏早年考證〈虬髯客傳〉結論說：「文中與隋唐史事乖違至多，光庭文學之士，通達古今，諒不謬悠至此。」同時指出文中多處地方脫離史實。言下之意是作者亂寫，此文無史學價值。但如此一說，反而處處指出〈虬髯客傳〉此文創作上的文學價值。許多古人因以史學眼光評小說，因而您好小說被貶低了，這全出於誤判。

早期無偉大小說出現

偉大小說創作在唐代才出現，故之前碩學鴻儒或受孔門影響，或不屑涉獵小說，小說因而寂影聲沉。至清代金聖歎因有前代佳作可欣賞，又不以史學，經學目光看小說，而以文學角度推崇小說，小說價值才被文人重視。

小說的文學價值

小說價值可分幾方面來說。一是提供娛樂消遣時光：社會大眾，可以藉小說內容引起興趣而追讀，排遣光陰，自得其樂。其二是擴闊人生視野：小說既是稗史一類故事，皇皇經典不載。讀好小說可知更多社會事態和人生縮影，了解人情世故，增長知識。三是小說讓讀者為書中人感遇而喜而悲。小說或有荒誕描述，惟常充滿喜怒哀樂、窮通得失記述，常常使讀者代入角色，如癡如醉，宣洩內心感情，愛不釋手。最後，小說更可以啟迪讀者智慧。優秀小說往往含有人生至理，讀者可以自行領悟汲取教訓，效果比當頭捧喝的道理更甚。

唐代興起短篇小說的原因

一　政治原因

唐代承隋制科舉選士，進士科猶被重視。一般來自本鄉縣舉人在應試之前未為人識，為求當道大員及試官青眼，常把文章投呈求之品鑒，冀能留下深刻印象，藉此表露作者出眾的才華。這些文章，最受歡迎的便是短篇小說創作的傳奇了。

一篇出色的傳奇，都會使大員追讀，而其中詩句寫得好，更能傳誦一時。可以士人一朝譽滿京華，撰寫傳奇便成了入仕的敲門磚。於是飽學的舉子都刻意創作，竭盡所能，奇思奇巧制勝，大大提交高了小說的質素。

二　古文運動　推波助瀾

唐前文壇極重視韻文駢文，但發展因循已呈衰竭現象。初唐先是陳子昂振臂高呼倡議散文寫作，到韓愈柳宗元綜覈百家，掙脫駢文束縛，將古文運動帶至高潮。因散文更利小說的創作，士人競以這種文體寫傳奇，故而佳作紛呈。

及至文壇白居易、元稹也用古代散文體寫傳奇，備受讚賞，傳誦一時。牛僧孺得韓愈提攜以丞相之尊亦寫傳奇專集，風氣所至，士人無不群起效法。古文運動風氣所及，推波助瀾，使傳奇作品湧現高峰。

三　唐代氣象恢宏　充實傳奇內容

唐代社會氣象恢宏，波瀾壯闊，勝於歷代。唐王室血脈本已胡漢混合，李世民流著漢人鮮卑人血液，建立中世紀龐大帝國。國內自由風氣瀰漫，融合多民族文化共生共存，所產生社會現象，為傳奇創作提供豐富寫作素材。我們讀唐史多留意帝位傳承，或朝中權力黨爭，少有留意社會民生。而在唐傳奇作品中，反而不少反映唐代民生生活。

唐代社會波瀾壯闊

甲　社會瀰漫宗教氣息

唐室奉老子為宗，定道教為國教。上層人士及知識分子多沾道教思想。安史之亂後更興起避世求仙，依附老莊之念。下層勞苦大眾則愛佛教三世輪迴觀念，社會上道佛盛行。到武則天稱帝，又把佛教置於道教之上。大批游民入道入佛，並集沙門，藉以逃避兵役賦稅。而唐室對宗教優容，被佛教視為之外道之祆教，摩尼教、景教等亦可共存。社會流行宿命、讖緯、道術、神算等觀念，一一被傳奇納入寫作素材。

乙　唐代婦女兩性關係活躍

中國社會男女之防甚嚴。而唐室沾染胡風，男女防禁隨便，為歷代封建社會所無。王室公主無貞操觀念，可以一嫁再嫁，甚而三嫁不以為逆。先是宮廷女子愛易男服出獵出遊，民間閨秀隨之競為仿效。武則天稱帝後，女子地位即提高。女子可有財權，能在江湖行走，結交男子。民間男女之禁寬弛，貞操觀念無歷來重視。而唐代青樓妓院，大行其道，文士視為詩酒之興，風流成尚。女性之活躍，唐傳奇多有反映，各種男女私慕戀愛故事層出不窮。益添傳奇哀艷情節，為傳奇多添色彩。

丙　唐代朝野　冤殺仇殺特多

唐代朝中黨爭不少，易成冤案。權臣一朝失位，往往為仇家陷害而被冤殺，滿族家人，立即淪為囚隸。唐代朝中要員，亦嘗被仇家派人道上刺殺。於是民間出現俠客義士，挺身義助救人。唐傳奇中報仇雪恨題材不少。及後藩鎮跋扈，抗拒朝廷。父死子繼，自成一國，招攬武人對付仇家。晚唐傳奇題材寫武功奇俠，反映社會，亦甚傳神。

此外唐社會商業特別繁盛，奴僕在社會擔當較重要角色，都被傳奇作家納入描述。唐代社會波瀾壯闊，豐潤了傳奇內涵。傳奇的素材，也深刻反映了多姿多采的唐代社會生活。

二、唐代傳奇分三類

近人研究中國小說，多認為到了唐朝、才有正式的小說產生。

唐傳奇，中國小說之始

明人胡應麟說：「至唐人乃作意好奇，假小說以寄筆端。」宋人洪邁則說：「唐人小說，不可不熟，小小情事，凄婉欲絕。」這是指唐代傳奇的感人，指出小說在創作上感人的必然要求。唐前所謂小說的作者，便忽略這種感人的條件。魯迅在《中國小說史略》說：「小說亦如詩，至唐代而一變，雖不離於搜奇記述，然敘事宛轉，文辭華麗，與六朝之粗陳梗概者較，演進之跡甚明，而尤顯著者乃在是時始有意為小說。」亦即是說，唐代以前小說，只不過是簡單的記人記事筆記，少有文采。未見作者的刻意創作，不符合近代所說小說的特質。

在內容上，唐代傳奇已從六朝志怪說鬼神的故事，說玄怪的內容，轉而描述人情、人世的悲歡離合。雖然一些作品仍帶有鬼神靈異的描述，但都變成點綴故事的枝葉，而非內容的主體。唐人作者都有意識地運用虛構的人物和情節，或借用歷史人物和事件來創作變幻莫測的小說，務求達致感人的效果，開後世小說之先河。

唐代小說何以稱傳奇

因唐朝時候，出現用散文來寫文言短篇小說的風氣。這些作品被當時文人輕視，稱之為「傳奇」，因為不是說大道理，垂大教訓的文章，以表示與高雅的古文有別。後來中晚唐時短篇小說作家裴鉶，更把自己的小說集定名為《傳奇》，後代遂把同一體裁的小說通稱為傳奇，只作當時酒餘飯後佐談的資料。

近人鄭振鐸對傳奇有截然不同的評價，他說：「唐代傳奇是古文運動的一支附庸，卻由附庸而蔚成大國。其實在文學史地位上，反而較韓、柳之散文之重要。」又說：「它們是古文（散文）運動中最有成就的東西。」

一般而言，傳奇作者寫作目的，也不外藉此表現自己的才華。因為一篇傳奇之作，文備眾體，作品往往表現作者的史才、詩筆和高識議論。而「傳奇」一詞，脫離唐代小說之後，衍生不同涵義變化：宋元南戲、元明雜戲、明清崑劇和弋陽諸腔的劇本也稱作傳奇，故事多出自唐代小說。

傳奇的類別

唐代傳奇，是唐代名士求取富貴的敲門磚，流傳於文士之間。尤其是早期，它的作者、讀者，甚至故事中主人翁多是讀書人。都反映唐代士人社會，是當時士人生活的一面鏡子。唐代傳奇可說是士人文學。

唐代傳奇，隨著初唐、盛唐、中唐、晚唐而有不同面貌。就其內容而言，郭箴一《中國小說史》則分為神怪、戀愛、豪俠三大類。劉瑛《唐代傳奇研究》分為志怪、出世、諷刺、豪俠、愛情五大類。筆者認為分為三類簡易明白。

甲　志怪類

在唐初至盛唐出現，是志怪過度傳奇時期的作品。文風頗受天竺傳來佛經故事影響，主要寫鬼神妖異故事。李復言的〈薛偉〉，說人化為魚，勸人不要殺生，充滿佛家慈悲思想。唐室尊道教，在傳奇中，不少流露道教思想元素。唐初王度〈古鏡記〉，說古鏡異靈鎮妖，法力無邊。傳奇作者亦有把妖怪人性化，寫得妖物可親可愛。陳玄祐〈離魂記〉和牛僧孺的〈齊推女〉，都寫得精怪淒婉動人。〈杜子春〉說及煉丹，〈定婚店〉說月下老人，姻緣早定的宿命論，影響國人婚姻觀念極甚。其中也有富貴浮雲，黃粱一夢的〈南柯太守傳〉，遇仙的故事有〈裴航〉、〈姚氏三子〉等，都精采萬分。

乙　言情類

中唐時出現，是傳奇的黃金時代。斯時男女愛情故事，寫得洋洋大觀，淒婉動人。相戀更是千奇百怪：計有〈任氏傳〉之人狐戀，傳奇尚有人鬼戀、人猿戀、人仙戀，及後人極愛之〈柳毅傳書〉人與龍女相戀。而〈秦夢記〉則寫夢中相戀、〈離魂記〉寫人與生魂戀。〈虬髯客傳〉、〈崑崙奴〉寫私奔。說愛情始亂終棄的有〈鶯鶯傳〉，負心薄倖的有〈霍小玉傳〉，愛情失而復得的有〈柳氏傳〉，終成眷屬的有〈無雙傳〉。洋洋大觀的愛情故事，都寫得文筆細膩，詞藻優美，鋪排雋妙，哀艷動人，惹人再三回味。

丙　豪俠類

晚唐時期出現這類作品。當時藩鎮各據一方，私蓄游俠以仇殺異己。亦有奪人財寶，霸人妻女惡行。豪俠類寫武藝高超的義士行徑。有義僕崑崙奴為少主自權貴中盜取愛人。有

〈紅線〉、〈聶隱娘〉的女子技藝超群、俠氣磊落的描述。

胡適非常推崇此類作品的〈虬髯客傳〉，內有俠客、道術、歷史背景。其中紅拂女俏麗可人，慧眼識英雄。李靖卓爾不凡，虬髯客雄豪慷慨，成人之美的胸襟，都寫得呼之欲出，栩栩如生。連不發一言的李世民也意氣揚揚，光彩照人。被胡適許為我國第一短篇小說。唐前小說，不重結構，只著重敘事，少作人物描述。至豪俠傳奇出現，提高創作人物小說的價值。

唐代傳奇是中國最精采短篇小說的寶庫，在文學的領域而忽略了，實是極大的損失。

三、唐傳奇多染道術色彩

唐代社會無不受宗教氣息沾染，皆因唐統治者對宗教優容，無鉗制人民宗教思想意圖，宗教反被統治者利用。如武后先奉道，後奉佛，全因政治形勢轉變使然。其後帝主縱有滅佛之舉，實社會經濟因素多於宗教因素。

圖讖預言成風　迷惑當道及市民

唐太宗登基前，嘗被預言當天子。並非純屬小說家言，《冊府元龜・帝王・徵應》中載：

「秦王應上天錄，當為元君。」道教初興，即吸收漢代圖讖預言之學，東晉時便流行李氏當王說。隋煬帝因疑而殺臣下李渾。李氏王天下說，尚有李花謠：「江南楊柳樹，江北李花榮，楊柳飛綿何處去，李花結果自然成。」說李氏終會取代楊氏政權。

後來李淵果然取代楊氏天下。但隋末李密亦極盛，李氏亦可指李密。而唐太宗稱帝後，亦深信圖讖預言枉殺臣下。先是白日屢見太白星，太史占之說：「女主昌」。而民間有流言說：「唐三世之後，女主武王代有天下。」時左武衛將軍武連縣李君羨值玄武門，帝與諸將宴會行酒令各說乳名。君羨自說乳名叫「五娘」，太宗諤然說：好好一個男兒，竟有個女兒家名字。因其職其銜連有三個武字，心下暗自戒懼。後來李君羨結交方外道佛人士，惹起太宗猜疑，恐怕流言應驗，便以結交妖人，謀不軌的罪名殺了李君羨。可見當時圖讖宿命說流行之深入人心。今日觀之，流言若應驗，女主武王當是武則天了。

社會瀰漫宗教意識

一般人對宗教，常感到有點神秘色彩。唐代無論王公與庶民，習尚受到崇奉道佛的宗教影響，祈雨是一項常見的宗教活動。

天寶五年，不空僧奉章詔祈雨奏效，玄宗賜絹二百疋。天復二年吳王為道士聶師道建玄元宮，天旱時為之祈雨，得獲甘霖，授以尊師為逍遙大師。唐傳奇作家段成式有寫〈蘭陵老人〉敘黎幹找高人祈雨的故事，反映唐代祈雨風俗。黎幹其人豁達大度，在史筆下確是一位為社稷的父母官。

傳奇〈潘將軍〉載將軍禮遇雲遊僧人，得僧贈珠還報，並將念珠儲之錦盒，置之道場膜拜。一日失念珠後惶恐終日，認為此乃破家之兆。該文寫僧人雲遊求布施，實有時代背景。佛教東漢時已臨中土，最初只許胡僧傳教，不許漢人出家。胡僧到魏晉間還叫作「乞胡」，靠討飯度日。

周武帝滅佛後，僧信行創三階教，分人為賢、愚、中庸三等，均以苦行忍辱為宗旨，每天只吃一頓求乞而得的米飯。民間對三階教頗為尊重，武則天和唐玄宗曾明令禁止，唯僧人求食為生長久以來都為民間接受，所以潘將軍禮遇雲遊僧，只不過反映當時社會民心意態。

神算與道術

唐傳奇〈荊十三娘〉中，載「時諸葛殷與呂用之以幻術迷惑太尉高駢，恣行威福」的描述，實有所本。《通鑑》卷二五四載：

明日，殷謁見。詭辯風生，駢以為神，補鹽鐵劇職。殷病風疽，……駢有黃犬，聞其腥穢，多來近之。駢怪之，殷笑曰：殷嘗於玉帝前見之，別來數百年，猶相識。

高駢身居要職而崇尚迷信，予人可乘之機，則社會上迷信之普遍可見。高駢為唐末大將，被呂用之妖言迷惑，對法術深信不疑。《通鑑》卷二五四載：

> 駢與宰相鄭畋有隙，（呂）用之謂駢曰：「宰相有遣劍客來刺公者，今夕至矣！」駢大懼……乃使駢衣婦人之服，潛於他室，……夜擲銅器於階，令鏗然有聲，又密以囊盛彘血，灑於庭宇，如格鬥之狀，及旦，……駢泣謝，……厚酬以金寶。

〈聶隱娘〉出自裴鉶之手，裴乃高駢幕客，呂用之導演這幕把戲騙高駢，裴鉶便把相類情節寫入小說〈聶隱娘〉中，反映時人迷信之甚。小說加入道術描寫受到歡迎，可見人心崇信幻術，極為明顯。

傳奇〈紅線〉一文亦有不少有關道術的描寫。如紅線有額上書太乙神名，以邀鬼神之助。尚有神行術，夜行六七百里，過五六城。除〈紅線〉外，〈許寂〉、〈丁秀才〉亦大談神行術。道教尚有變形術、隱身術，及其他法術。其他如〈虬髯客〉中虬髯客騎跛驢而來，臨別時則其行如飛。聶隱娘夫妻驢子更神奇，竟然由紙剪成，又可以收藏在布囊中，惹人遐思。唐代充滿宗教氣息的社會，帶領文士有更廣闊的創作空間，廣大的讀者亦受而不拒。

煉丹長生　深信不虞

道教有咒水、神符、導引、服氣、煉丹等方術。煉丹術最為人重視，秦始皇時即有煉丹，煉丹者同抱兩種渴望。一是追求長生，一是得到黃金。煉丹者除有專門知識，懂得製煉法度外，還要守秘密，許多禁忌要遵守。傳授煉丹法也須秘密進行，只限少數人口傳。唐朝煉丹風行，成為時尚。唐傳奇〈盧生〉中，盧生的師父便派人刺殺招搖妄傳的煉丹人。古來帝王吃金丹而死屢有所聞，平民道士吃金丹而死的一定更多。小說中述及派人刺殺誤傳煉丹者，當然反映當時社會煉丹風氣之熾盛。

唐代社會除道佛外，尚有祆教、景教、回鶻（伊斯蘭教）、摩尼教等等。唐代有宗教自由，新興文化得以滲入，刺激社會文化。影響人們生活習慣及信仰，滋長文化生命創造力。唐代的宗教自由政策，結果開拓了一個充滿活力文化興盛輝煌的社會。

四、唐代女性豪放開放

封建制度下的中國婦女，地位一向低微。但在唐代女性地位突然提高，而且在社會上非常活躍，豪放開放。女性到宋明後方回復三從四德，深閨操守。這個現象，有人認為這與唐統治階層為華胡混合血統，帶來胡風所致。

傳男性地位優越　女性難比

中國自周代開始宗法制度，女子地位便變得卑微。《詩經》有載，生男嬰，會放在床上，弄以玉璋；生了女嬰，則安放在地上，弄之土磚。故有弄璋弄瓦之詞。宗法社會是父系社會，女子一出生便受卑視，殆無疑問。

古來中國傳統上婦人都以夫姓為姓，女子無諡，因夫之爵為諡。婦女在家庭居於次要地位，在社會上無財權，一生都要依賴男子，受男子支配。一個女子結了婚命運便受宗族、翁姑和丈夫的支配。婦人要服從，犯七出之條，便被遺棄，孤獨終生。而丈夫可以用「不孝有三，無後為大」理由出妻，或廣置妻妾。妻子去世，丈夫可以再娶。丈夫死，則婦人應從子守節，否則為親友鄰里鄙視。在封建社會，婦女地位與男子懸殊。

唐代婦女解放　活躍社會

唐代女性在封建社會，得以解放束縛，筆者認為唐代婦女擁有財權乃其一重要原因。見呂思勉《隋唐五代史》十五章載：

知唐時所謂戶絕，不必無近親，……雖有近親，為之處分財產，所餘財產，仍傳之親女，而遠親不能爭產，更無論矣。……宗法以宗為單位，戶法以戶為單位。……以戶為單位，無某戶可絕，某戶不可絕之理。同書中引述唐代女子，離婚再婚乃常事。

上文最重要者，是父死遺下孤女，遠近親戚不能瓜分其遺產，孤女有權繼承亡父產業。女子有權繼承父遺產，此律在封建社會，實是一大突破。其次，婦人離婚或再婚，常為鄰里旁人所恥，但在唐代卻例外，視同尋常，卻原來和唐室胡風有關。

唐室女子淫放　公主離婚再婚等閒

唐代婦女離婚再適（嫁），不以為異。在此可見唐代對女子貞節不及其他朝代之重視，唐代公主再嫁為常事。唐代出嫁公主九十三人中，再嫁者二十八人，佔三分之一。甚而三嫁者亦有，有夫死再嫁，有夫在仍再嫁。這種輕易改嫁的胡風，使當時嚴守宗法制度的山東士族難以接受。而公主中不少恃嬌縱慾淫亂，都使士人厭惡尚主（娶公主為妻）。唐室宮幃之中，后妃純良母儀天下固有其人。如唐高祖后竇氏，唐太宗長孫氏等。但如武后，本是太宗才人媚娘，後來竟是太宗兒子高宗之后，不顧倫常。則天於高宗死後，改制為周，更不乏面首，男寵恍如妻妾。韋后更「與武三思升御床博戲，帝從旁典籌，不以為忤」。公主中如太平公主、安樂公主，甚而武后寵人上官婉兒，皆淫亂之極。

唐室原出於華夷混處環境，不重視人倫與貞節。唐太宗一代英主，殺了弟弟元吉後收其妻為妃子。盧江王李瑗因反被殺，太宗又把他的妻子作姬侍。肅宗后吳氏，先嫁柳氏，因父罪死，沒入掖廷，嫁肅宗，生代宗。代宗后沈氏，本為官婢，天寶之亂身陷賊囚，後為代宗后生德宗。憲宗后鄭氏，因事沒入掖廷，憲宗幸之而生宣宗。唐代帝主不重視妻后貞操，亦不論其原來門第，且能生子而成帝母。皇室尚且如此，無怪百姓亦不重視婦女貞操。

武則天以女主稱帝，對唐代風氣亦有一定影響。武則天史無前例開女性至尊局面，影響唐代女權高漲，打破了只容許男子放蕩而女子必守貞操觀念。斯時公主、女冠受到尊重，影響到約束婦女教條得到空前解放，閨門失禮事屬平常，婦女在唐代社會開放活躍。

唐代社會　男女關係隨便

封建社會外眷避忌禁見外客，名門閨秀不輕易出門，出門乘轎或以以臉幕遮掩容顏（今日回教婦女尚有此風），山東高門亦沿有此習。唐初先是宮人矯裝男子隨行狩獵，棄用冪幕，臉容露於人前。中宗即位後宮禁寬弛，婦女再無以臉幕掩蔽。士子庶人家庭亦相倣效，良家女子外出亦得展露妙麗芳容，招蜂惹蝶，男子乘機逗引調笑，追逐成為時尚。元宵佳節良家婦女聯袂出門看花燈，才士浪子亦藉機會看美人，雙方何樂而不為？正如辛棄疾〈青玉案〉所述元宵之「蛾兒雪柳黃金縷，笑語盈盈暗香去」，春意迷漫之極。

古人女子婚配，屬父母之命。唐名門女子，有自擿夫婿，不引以為羞。鄭畋為唐宰相，女兒誦某文士詩卷，意有所屬。一日文士至，鄭許女垂簾而窺視，見其貌不揚，即打消慕意。其實當時社會，男女之防無日後之嚴峻，士人盛宴狎遊，不免縱情酒色。唐進士難及，中榜者盛行曲江宴，縱情慶祝。白居易一舉及第，詠有名句「慈恩塔下題名處，十七人中最少年」，何等輕快？進士文人當時與娼妓關係密切，成為風尚。官吏狎妓，極為普遍。當時名妓如薛濤與關盼盼之流，談吐文雅，並能吟詠，常與文人唱和，佳人名士俱風流蘊藉。妓院成權貴朝士聚會之所，有進士欲結交權貴，先結交名妓，世道便是如此。唐代豪門，且多蓄家妓待客。傳奇〈崑崙奴〉一品大員，蓄有歌姬家妓多院。

小說反映女子抬頭時代

唐傳奇即使在豪俠類中，亦不乏女子豪放開放之描述。女子有為父或為主人復仇而殺人者。〈聶隱娘〉中少女為殺手，訓練殺手者為女尼，亦一女子。小說中有女子主動示好委身者，如〈崑崙奴〉中家妓，〈虯髯客〉中紅拂女。〈崔慎思〉、〈賈人妻〉中故事相若，女子營商富有，蓄有女奴。男女主人翁相識頗為輕浮，一拍即合。〈馮燕〉更特別，寫女子對情慾採取主動，挑逗對方。結果惹來殺身之禍，亦牽出一段奇案。此均反映唐代女子地位相對提高，活動之多采多姿，在封建社會實在罕見。

五、藩鎮跋扈與刺客橫行

唐代安祿山之亂後，藩鎮跋扈，目無法紀。因安史亂後，唐肅宗稱帝，重用宦官李輔國開始，朝廷宦官漸漸坐大，唐室既寵宦官，對平寇大將亦諸多顧忌。大將固僕懷恩平賊後，留賊將。唐室因無實力控制諸將，只有分別安撫，使之互相牽制。而各地藩鎮知朝廷無力節制，漸生野心，除抗自命主外，尚想藉勢兼併鄰鎮，因而戰事連連，殘害人命。藩鎮之中，以魏博節度使田承嗣最為強悍，首作抗命朝廷。

藩鎮跋扈　自成王國

田承嗣對鎮內郡邑官吏皆自置自主，戶籍不入天府，稅賦不入朝廷，在轄地上建立王國自主。此外選驍勇精兵，稱之謂「牙兵」，既以自衛，又可使之攻戰四鄰兼併餘鎮。藩鎮名義上為朝廷管轄，許多時候對朝廷抗命，關係有如敵國。朝廷派兵討伐，又愛用不懂軍務，趾高氣揚宦官監軍，軍戰失敗可想而知。憲宗時裴度提議，將監軍調回長安，方稍見優勢。藩鎮兵力盛時，且反抗朝廷自立，成一大患。

當時藩鎮之間，時而互通消息，時而互相勾結支援，使朝廷大傷腦筋。安史之亂後，兩河藩帥多阻命自固，不受朝命，父死子代，習以為常。藩鎮之間，喜則連橫叛上，怒則以力相鬥。唐藩鎮其中一項暴行，是不滿意對方時，便派人暗殺行兇。

當朝宰相　竟被刺殺

唐宰相武元衡主張對付藩鎮，藩主竟派人暗殺當朝宰相。一朝，天剛微亮，武元衡已於大清早出靖安坊東門上朝，途中路旁有一列樹叢，突有刺客湧現，先射殺護衛，再執武元衡，拖行數步後立即斬殺，攜頭顱而去。

朝中重臣裴度，亦主張對付藩鎮。另有刺客入通化坊擊殺裴度。刺客突然掩至，擊中裴度頭顱，滾入溝中。其僕王義奮身救主從後抱賊，一賊斷王義之臂，又認為裴度已死，不欲久纏，急急遁去。時幸天寒，裴度衣帽皆過厚，得保只傷而不死。

當時宰相重臣被殺被襲，刺客手段殘忍（斷頭顱攜去），京城震動，朝野大駭。而刺客更放出聲氣，說若加追捕，則先殺搜捕者。一時有司亦不敢急捕，大有不了了之，唐代刺客氣燄實在驚人。後元和年間，唐室攻克淄青節度使李師道，證據指出刺客為藩鎮李師道所用。藩鎮跋扈囂張，蔑視朝廷，可見一斑。

名將名相　均知刺客橫行

李林甫為相，口蜜腹劍，自知結怨仇多，常虞刺客臨門。有載李林甫出入均左右護翼步騎百餘人。武士先靜街，以防刺客。其居所牆中置板（暗格），如防大敵。且一夕屢易睡床，家人亦不知其當夜睡在何處，見防刺之嚴密。

唐初開國名將尉遲敬德，驍勇聞名，亦曾遭刺客欲行刺。敬德早聞風聲，敞開門戶而睡。刺客見門戶洞開，又知其勇武，窺視數回，終不敢下手，無功而退。

刺客冤案　小說多反映

朝中搆陷之事，唐代常見。如武則天臨朝，用酷吏來俊臣之流，多搆冤獄。如呂用之矇騙高駢誣人，奪人家室財寶。如牛李黨爭中李黨門人偽作〈周秦行紀〉，欲誣牛黨中人。被誣者每有滅族之誅，真箇驚心動魄。

唐代傳奇不乏刺客故事，虯髯客亦即刺客之一。其他如〈聶隱娘〉、〈紅線〉、〈賈人妻〉、〈荊十三娘〉等等。刺客且為女子。〈謝小娥傳〉非刺客故事，但仍是女子為父為夫復仇，反映唐代冤案之多，家人男子被殺之眾，只能靠女子報冤。唐人小說，刺客中亦有深明大義者。其中〈義俠〉一則，述說刺客有是非之心，後知僱主不義，反而殺僱主後逃逸。

大抵唐代社會，治安不靖。又王法不全，仇冤特多。冤而求報，亦只有假手刺客。唐代刺客之盛，並非偶然發生，非一人之快意恩仇，更而成一行業，而從業者大有人在。

結語：輝煌的唐代傳奇

在中國文學史上，小說的成熟較晚，但影響最大。嚴復與夏穗卿曾說：「部說（小說）之興，其入世之深，行世之遠，幾幾出於經史之上。」梁啟超對小說更大力推崇，寫下〈論小說與群治〉，指出小說對社會影響之深遠，藉以警醒國人。

小說晚出　擅於反映世情

胡適說：「施耐庵、曹雪芹、吳研人皆文學正宗，而駢文律詩，乃真正小道矣。」胡適推崇小說，竟然將之放在一向被人視為正宗文學的駢文、律詩之上，而今日同意其說者亦漸多。由於在現代社會，最宜反映現實的文學，最能給予讀者娛樂的文學、最能表達作者才華、而引起讀者共鳴的文學，皆首推小說。

唐代短篇小說又稱傳奇。魯迅在《中國小說史略》中說唐代「始有意為小說」，洪邁在《容齋隨筆》中認為傳奇「小小情事，凄婉欲絕」。指出唐代小說乃刻意經營，創造效果之作品。比較之下，唐代之前的小說，不過是寓言或筆記，只是小說的胎元。唐代出現刻意創作，用心雕琢的小說，可說受佛教東傳，在六朝帶來的啟發。當時佛教高僧和文士討論的是佛門高深教義，對市井細民，則說佛經故事，藉以感染，故而出現六朝志怪這一類文學。唐代傳奇是循六朝志怪路線發展而來，而志怪簡樸粗糙，又不能和傳奇相比。

優秀小說　反映社會反映人性

唐代小說，其中精采者出現較晚。有人將唐代傳奇分為五類：志怪類如〈古鏡記〉、〈三夢記〉。出世類如〈裴航遇仙〉、〈南柯太守傳〉。諷刺類如〈周秦行記〉、〈訂婚店〉（月下老人）。愛情類如〈霍小玉傳〉、〈李娃傳〉。豪俠類如〈聶隱娘〉、〈虬髯客〉。名作家金庸的作品，便出現不少唐代豪俠小說的精神面貌。

傳奇中豪俠都有崇高的人格操守，偉大的俠義精神和行徑。他們重諾取義，甚而輕生死；但亦無視國家律法，鄙視世人喜愛的富貴權位。義之所在，犯禁無悔，「崑崙奴」、「聶隱娘」便是明顯例子。

傳奇成為士人進階敲門磚

唐傳奇能展現得如此盛大輝煌，蔚然成風，自有其時代背景與社會背景。

傳奇有超然的成就，更重要的是政治原因。唐代開科取士，讀書人只要科舉考試及格，便可身入仕途一展抱負。而進士一科尤為社會重視，應試士人為求獲得當道大員和主考官員的賞識，常及早把自己的文章呈獻給他們鑒賞。這種風氣叫「行卷」。一呈再呈叫「溫卷」。此等文士愛呈上傳奇。因為傳奇包括了敘述、詩歌和議論三種文體，這正是進士試中主要課題，許多飽學之士便刻意創作。執筆者既然是大有學問的才子，因而佳作相繼紛呈。當時是文壇上第一流才士寫的小說，是以唐傳奇佳作燦若繁星。

唐代創作傳奇風氣一開，文士愛寫，文人又愛輾轉相傳閱讀，便造成唐代文壇奇花盛放的局面。傳奇的故事，直接影響元明戲劇，即使今日粵劇及電視劇，亦常見唐代傳奇的題材。

明代四大奇書

唐詩宋詞，都是一代文學作品代表。明代，則以四大奇書為文學代表。四大奇書是四大部冊的長篇小說。這四部小說，現代人看來是文言作品。其實，是當時的白話文作品。四大奇書是指《三國演義》、《水滸傳》、《西遊記》與《金瓶梅》。

小說基礎於宋代話本

宋代手工業發達，農地又多為強豪兼併，民眾從農村移到城市找生活日多，聽人說書（講故事）成了公餘活動精神娛樂。說書人為了吸引群眾，除了講史（甚而野史）外，還有各類不同的種題材。因為面對普羅大眾，要用白話說出來，便把說書內容的話本用白話寫成底稿。說書人師徒把底稿一代一代傳下去，底稿也會被傳承的說書人增刪修改。這些底稿便成了明代長篇小說的基礎。

宋代話本由於職業需要而產生，目的要迎合市民趣味，滿足市民文娛上需要。話本內容雖然是多方面的，但均對人情物態描述，都用維妙維肖口語形容，要使聽者動容。這樣白話文運用技巧趨於成熟。質素漸漸提升，產生有文學價值作品。

明代小說的價值

明代是白話文學成熟時期。文人多是依據宋代受歡迎題材，加以發揮創作，文士遂有意識運用白話創作長篇小說。唐代傳奇都是短篇，到了明代，既有話本底稿為創作基礎，時代條件亦催生長篇小說的出現，便是碰上印術普遍流行，讀者可以人手一卷細讀。明代文人亦因長篇小說佳作出現，改變對小說輕視。開始意識到小說文學價值與社會意義。因這時小說能更詳盡反映政治醜惡，社會的黑暗荒唐，及人民的命運和願望。普羅大眾也能從小說中拓展視野，得到精神享受，得到娛樂。明代有著名的四大奇書，各有特色之處。

《三國演義》

元末明初文士羅貫中，將元朝《三國志平話》改編為通俗演義。內容以三國時代故事為骨幹，細說天下三分，魏蜀吳三者網羅豪傑爭天下的故事。除了人物刻劃之外，對時局形勢開闔，人事之得失，描述得十分出色。乍看之下是部歷史著作，其實箇中不少虛構人物和情節，並非全為史實。雖說如此，但內容包羅不少人生際遇，命運安排，時局變遷，人力之無奈的描述。此著述精彩之處甚多，建議可選讀「火燒赤壁」、「諸葛亮舌戰群儒」、「曹操大戰袁紹」等篇。

開卷細讀《三國演義》，當對社會及人性增加認識不少。相傳清太祖努爾哈赤舉兵反明，便是從《三國演義》中汲取兵法。《三國演義》雖註明作者是羅貫中，其實內容經多人修改。羅貫中只是主要執筆者，才華則為後人所公認。

《水滸傳》

採取南宋時流行民間《宣和遺事》水滸三十六人故事，創作發展而成。內容以人物際遇為骨幹發展，寫良民被逼為寇，反抗政府官員暴虐，反映社會黑暗，更寫出社會下層人物的重義輕利，互相尊重照應。書中有人對抗命運，亦有人安於天命。

《水滸傳》為一部自由創作小說，人物描述為經典之作。如其中魯智深、李逵、林沖等許多人物，都是武藝高強的血性男兒。書中寫出多種不同的雄豪性格，對壓迫的生活，表現各各不同，躍然紙上。此書甚怪，寫男子寫得出色，但寫女子可說失敗，真莫名其妙，與清代《紅樓夢》正好相反，該書寫眾多女子性格又特別出色。筆者推薦初讀者可先讀「魯智深三拳打死鎮關西」一段，林沖「逼上梁山」亦很精采。此書著者今作施耐庵，有說經羅貫中修改。

《西遊記》

被稱為神魔小說，屬浪漫主義作品。作者吳承恩，借鑒宋元《唐三藏取經詩話》，發展玄奘師徒四人取經故事。寫取經途中所遇，驚險重重而神怪有趣。書中道佛神仙、妖魅精怪，各種角色錯雜出現，各有法力。乍看是神魔鬥法，其實作者寓意深遠，反射統治者無能，妖魔借助正統人物胡作妄為，禍害人間。

民初政治學學者薩孟武著有《西遊記與古代政治》對此析述甚詳，讀後當對《西遊記》有更深切認識。有研究者稱《西遊記》受古印度神話影響，當亦可信。筆者認為其中「孫悟空大鬧天宮」最為吸引，終卷寫師徒歷險取得的竟是「無字天書」，寓意深邃，至堪玩味。

《金瓶梅》

《金瓶梅》內容寫明代暴發戶西門慶個性及其生活行徑，全力細緻刻劃其興發、腐敗與滅亡，筆觸反映時代，反映人性都極為出色。《金瓶梅》講述真實中國封建社會，毫無忌憚表露社會病態，荒唐墮落景象。其中對官商勾結剝削、婦女爭寵機心、男女情慾泛濫描述，均超越前代作品。評者論其文筆刻劃入微，語言藝術圓熟、精巧細緻，超越前人，達至極高藝術成就。

此書作者未有定論，一向被視為色情禁書，署名蘭陵笑笑生實不知何人，然為閱盡世情、飽學之士殆無疑問。古來欲得書一讀者當非少數，但公然論及之文士則極為罕有。有心人曾指出，此書涉及文字百萬餘，道學之士曾取其一版本，刮去不堪入目文字共一萬九千餘字。結論過於色情者不及百分之二，據此可見刮字只是庸人自擾。今處於二十一世紀世情開放世界，鼓勵成年人放心閱讀，能寫下評論介紹，造福書民更好。

清代譴責小說

人論清代學術成就，並非文學創作，而是考據學。因為清代文字獄厲害，創作偶一不慎，便會橫禍飛來，全家全族沾上刀斧血光之災。

清代文學不遜考據學

清代之前，中國有數千年歷史，有許多值得考據研究材料，因而飽學之士轉而埋首考據，為文化傳承也盡一點功夫，結果成績也不錯。話雖如此，但有清一代文人，亦有出色的文學創作，數量可能比前代差一點，但質量亦見出色。

《紅樓夢》

清代最著名的文學創作首推《紅樓夢》，幾乎無一學者作家不予推崇。《紅樓夢》作者曹雪芹，先祖原是滿州貴族家奴，滿人入關後得朝廷寵信，家族中人不少當高官，政治地位有特權。正在赫赫於世之時，卻因虧空，被剛繼位的雍正帝抄家，家族立時破敗。

曹雪芹親歷顯赫當世而倏忽破敗，榮華富貴如一場春夢。深感世道之無常，人心之冷暖，真有錐心之痛。由於本身既負文才，於是將自己經歷，看盡世情人生經驗，著成這本堂皇巨著。《紅樓夢》全書以賈寶玉、林黛玉、薛寶釵的戀愛婚姻為主線，寫盡豪貴人家生活，牽動數百主次人物登場。作者對如斯眾多人物心思秉性，均刻劃人微，而複雜微妙關係更寫得絲絲入扣。

曹雪芹對人性的虛偽、真誠、奸詐、無奈、墮落、都寫得入木三分，書中人恍能跳出來和讀者對話，互聞呼吸一般。這種寫作功力，令許多讀者手不釋卷，如癡如醉，稱道捧愛。據說曹雪芹對自己這本作品多次修訂，至離世仍在修繕中。今見一百二十回《紅樓夢》，後四十回非其手筆，乃高鶚續成。

《聊齋誌異》

蒲松齡的《聊齋誌異》共有四百九十餘篇，短篇文言小說。內容風格接近六朝志怪和唐代傳奇。是我國極優秀短篇小說集，以一人之力而成，豐厚筆力，為歷來小說作家罕見。聊齋內容大致可分三大類：暴露封建社會黑暗，揭發科場弊端和描述精怪與人類的戀愛。蒲松齡富有文采，卻多次失意科場，屢試不第，奮而專心著作。他廣集社會上各種奇異見聞，加上自己生活經驗和憎愛鮮明的感情，熔鑄入作品之中，委曲細膩述說故事。因思域廣懋，情節結構精細，鋪陳曲折引人入勝，甚得文士喜愛。

今日青年語文能力稍遜者，則難嚐其中甘美。市肆今有白話本出售，惟多失卻原來神采韻味，殊為可惜。

《儒林外史》

至清中葉，白話小說創作進入一個新階段。文人開始直接取材於現實生活，風格手法日趨多樣化。《儒林外史》的出現，充實了有清一代的小說創作。作者吳敬梓，年輕時已中秀才，卻未能在鄉試中舉。本身因不治家業，生活窮困，五十多歲去世。吳敬梓寫當時社會士人百態，除寫讀書人外，也觸及城市小民和農夫的生活。

小說頌揚善良民眾，歌頌挽救世道人心的讀書人。筆下眾生相嬉笑怒罵，或輕蔑諷刺，帶出複雜感情。會令讀者感到憤怒、憎恨、同情、憐憫感悲傷。可說是清代社會一幅真切的風情畫。

譴責黑暗　揭露世情的小說

清代除了上述名著外，尚有不少充滿時代特色小說。多是遊歷見聞，使讀者眼界一開。重點著眼於揭露社會黑暗為主調。作品多提及未廣為人知不平等，不公道社會現象，為時人帶出更廣闊視野。論者將之統稱為譴責小說。略述如下：

《鏡花緣》

寫林之洋到海外做生意遊歷的故事，內容可說是作者李汝珍的見識和浪漫想像，有神話及虛擬的唐朝中宗復位。此外，通過海外遊歷見聞，諷刺中國社會不良現象。書中帶出國民罕見新世界的風俗人情。他主張男女平等，在當時清代封建社會，屬超時代思想。

《二十年目睹怪現狀》

乃吳趼人清末作品，寫清末社會官場、商場、洋場光怪陸離現狀。全書串聯了二百多個小故事，暴露社會黑暗，官僚貪污受賄，昏庸墮落。亦觸及賭場妓院欺詐，假名士招搖撞騙，流氓惡棍橫行。但亦有善人高行的描述，寫盡人性中和善與醜惡。

《老殘遊記》

作者劉鶚，飽讀詩書，早便意識到清末局勢危機。作品描述清代社會現狀。文中有痛斥清官因邀譽誤國殃民之可恨，為前人之所未言。其他也是遊歷見聞，當然帶出作者見識和感受，劉鶚文筆亦有獨到之處，此書是當時流行小說。

當時受歡迎小說，尚有《三俠五義》、《兒女英雄傳》、《海上花列傳》、《官場現形記》、《孽海花》等等，近年則少見人提及。而劉鶚《老殘遊記》、李伯元《官場現形記》、吳趼人《二十年目睹怪現狀》、曾樸《孽海花》，則合稱清代四大譴責小說。

唐傳奇小說集

作　　者：楊興安
責任編輯：黎漢傑
封面設計：黃晨曦
法律顧問：陳煦堂 律師

出　　版：初文出版社有限公司
電郵：manuscriptpublish@gmail.com

印　　刷：陽光印刷製本廠

發　　行：香港聯合書刊物流有限公司
香港新界荃灣德士古道 220-248 號荃灣工業中心 16 樓
電話 (852) 2150-2100 傳真 (852) 2407-3062

臺灣總經銷：貿騰發賣股份有限公司
電話：886-2-82275988 傳真：886-2-82275989
網址：www.namode.com

新加坡總經銷：新文潮出版社私人有限公司
地址：71 Geylang Lorong 23, WPS618 (Level 6), Singapore 388386
電話：(+65) 8896 1946 電郵：contact@trendlitstore.com

版　　次：2022 年 5 月初版
國際書號：978-988-76023-3-0
定　　價：港幣 82 元　新臺幣 280 元

Published and printed in Hong Kong
香港印刷及出版